杨振中
讲中国智慧故事

女孩版

杨振中 编著

东方出版中心

目 录

1. 谢道韫咏雪 ………………………………… 1

2. 荀灌救父 …………………………………… 3

3. 李寄斩蛇 …………………………………… 4

4. 银匠儿子做宰相 ………………………… 6

5. 陶母责子 …………………………………… 7

6. 孟母三迁 …………………………………… 8

7. 断织教子 …………………………………… 9

8. 赵威后问齐使 …………………………… 10

9. 杨氏力守项城 …………………………… 11

10. 婆媳下盲棋 ……………………………… 13

11. 崔氏训诫不孝之子 …………………… 14

12. 老妪反讥刘道真 ……………………… 15

13. 阮氏以德勉夫 ………………………… 16

14. 许允妻有高见 ………………………… 18

15. 辽阳妇吓退敌人 ……………………… 19

16. 长孙皇后贺唐太宗 …………………… 20

17. 崔涓送木瓜 …………………………… 21

18. 班昭续写《汉书》 …………………… 23

19. 李成梁夫人毙二寇 …………………… 24

20. 乐羊子妻诲夫 ………………………… 25

21. 习氏劝夫自责 ·············· 27

22. 母捶李景让 ·············· 28

23. 郑氏巧惩滕王 ·············· 29

24. 葛氏代夫拒贼 ·············· 30

25. 姜氏有远见 ·············· 31

26. 赵括母有言在前 ·············· 33

27. 练氏愿保全城性命 ·············· 35

28. 黄善聪女扮男装 ·············· 37

29. 新妇处置小偷 ·············· 39

30. 王珪母知儿必贵 ·············· 41

31. 漂母饭韩信 ·············· 42

32. 王昭君不赂画师 ·············· 43

33. 平阳公主建"娘子军" ·············· 44

34. 任氏勉皇甫谧勤学 ·············· 45

35. 衙役妇义救犯人 ·············· 47

36. 董氏助夫避险 ·············· 49

37. 车夫之妻勉夫 ·············· 50

38. 唐河店老妇斗辽敌 ·············· 51

39. 黄道婆推广纺织 ·············· 53

40. 长孙皇后的临终告诫 ·············· 55

41. 杜太后遗嘱 ·············· 57

42. 长安女子走绳索 ·············· 60

43. 何晏争自由 ·············· 61

44. 少年棋圣范西屏 ·············· 62

45. 黄琬答太后问 ·············· 63

46. 原谷十五岁谏父 ·············· 64

47. 王羲之学书 ·············· 65

48. 王冕僧寺夜读 ················· 66

49. 文彦博注水取球 ··············· 67

50. 徐孺子论眼中瞳子 ············· 68

51. 夏侯荣七岁能作文 ············· 69

52. 牧童指瑕 ·················· 70

53. 贾逵十岁默背《六经》 ·········· 71

54. 鲍子知"生存竞争" ············ 72

55. 岳柱八岁指画疵 ·············· 73

56. 孟敏不视破甑 ··············· 74

57. 王戎识李 ·················· 75

58. 神童晏殊见天子 ·············· 76

59. 曹冲救库吏 ················· 77

60. 孔融十岁讥陈韪 ·············· 78

61. 庄有恭与镇粤将军对对子 ········· 80

62. 王泰让枣 ·················· 82

63. 卢思道发奋求学 ·············· 83

64. 王勃写《滕王阁序》 ············ 84

65. 曹冲称象 ·················· 86

66. 牧童逮小狼 ················· 88

67. 王粲默记复围棋 ·············· 89

68. 甘罗十二为上卿 ·············· 90

69. 朱古民诱汤生出户 ············· 95

70. 诸葛恪得驴 ················· 96

71. 沈质吟诗退盗 ··············· 98

72. 诸葛恪调侃"白头翁" ·········· 99

73. 许君治戏惩武秀才 ············ 100

74. 唐伯虎写祝寿诗 ············· 102

75. 口鼻之争 …………………………………… 103

76. 李白骑驴过华阴县衙 ……………………… 104

77. 真假稻草人 ………………………………… 105

78. 边韶答弟子 ………………………………… 106

79. 施世纶"兽面人心" ……………………… 107

80. 唐伯虎作诗讥术士 ……………………… 108

81. 钱穆甫为如皋令 ………………………… 109

82. 温公娶妇 …………………………………… 110

83. 酒徒谢生 …………………………………… 111

84. 陈五斥女巫 ………………………………… 112

85. 宁波成衣匠 ………………………………… 113

86. 顾况戏白居易 …………………………… 114

87. 阿丑装疯刺高官 ………………………… 115

88. 西门豹禁为河伯娶妇 …………………… 117

89. "一字师"郑谷 …………………………… 120

90. 林之栋画兰 ………………………………… 121

91. 黄宗羲论"诗中有人" ………………… 122

92. 姚鼐从善如流 …………………………… 123

93. 马锦饰演严嵩 …………………………… 124

94. 万绿枝头一点红 ………………………… 126

95. 柳开千轴,不如张景一书 …………… 127

96. 李贺作诗呕心沥血 ……………………… 128

97. 李泰伯改字 ………………………………… 129

98. 赵匡胤急中吟佳句 ……………………… 131

99. 文章浮艳不成才 ………………………… 133

100. 袁宏作文倚马可待 …………………… 134

101. 胡旦为屠夫饰辞 ……………………… 135

102. 韩愈与贾岛议"推敲" ……………………… 136

103. 魏约庵指头作画 ………………………… 138

104. 蒲松龄道听途说写《聊斋》 ……………… 140

105. 盲人谈三多绝艺 ………………………… 141

106. 王安石改诗 ……………………………… 143

107. 一幅讽刺画 ……………………………… 144

108. 正午牡丹 ………………………………… 146

109. 曹植七步成诗 …………………………… 148

110. 金农作诗"解围" ………………………… 150

111. 朱元璋庵中题诗 ………………………… 152

112. 顾恺之画人 ……………………………… 153

113. 杨亿对寇准 ……………………………… 154

114. 戴颙为佛像减肥 ………………………… 155

115. 王安石集句诗 …………………………… 156

116. 侯钺画盗像 ……………………………… 157

117. 韩志和令蝇虎子舞蹈 …………………… 158

118. "神笔"胡应麟 …………………………… 159

119. 捏塑能手江凤光 ………………………… 160

120. 喻皓建塔 ………………………………… 162

121. 李氏木刻钟馗杀鼠 ……………………… 164

122. 曹绍夔捉"鬼" …………………………… 165

123. 蒲元识水 ………………………………… 167

124. 怀丙河中出铁牛 ………………………… 168

125. 游僧荐重元寺阁 ………………………… 170

126. 工匠铸鉴 ………………………………… 172

127. 丁谓修皇宫一举三得 …………………… 173

128. 尹见心水中锯树 ………………………… 175

129. 河中石兽上游觅 …………………… 176

130. 发明家马钧 …………………… 178

131. 猿送宝石 …………………… 180

132. 宋濂诚实获信任 …………………… 181

133. 交人捕象 …………………… 182

134. 山麓之人诱捕猩猩 …………………… 183

135. 杨靖与猴弈 …………………… 185

136. 郭德成脱靴露金 …………………… 186

137. 有心人陶侃 …………………… 187

138. 文徵明作假 …………………… 189

139. 鲁宗道实言答真宗 …………………… 190

140. 石勒不计前嫌 …………………… 191

141. 望梅止渴 …………………… 192

142. 裴度失官印 …………………… 193

143. 唐太宗巧释公主羞 …………………… 194

144. 屠夫杀狼 …………………… 195

145. 文彦博安定人心 …………………… 196

146. 杨琎巧惩中使 …………………… 197

147. 卓文君卖酒 …………………… 198

148. 杨云才修建城墙 …………………… 199

149. 楚庄王恕引美人衣者 …………………… 201

150. 孔子褒贬有道 …………………… 202

151. 溺鼠 …………………… 203

152. 南人捕雁 …………………… 204

153. 王烈义行 …………………… 205

154. 吕陶拆田产 …………………… 206

155. 差役诲中丞 …………………… 207

156. 疏广不留遗产害子孙……………………… 208

157. 王长年智斗倭寇……………………… 210

158. 解缙敏对明成祖……………………… 212

159. 纪晓岚释"老头子"……………………… 213

160. 逾淮为枳……………………… 215

161. 周玄素巧对宋太祖……………………… 217

162. 孔子马逸……………………… 218

163. 县官智断撞车案……………………… 219

164. 李惠拷打羊皮断案……………………… 220

165. 钱若赓断鹅……………………… 221

166. 陈述古辨盗……………………… 223

167. 李亨破窃茄案……………………… 225

168. 欧阳晔破案……………………… 226

169. 赛跑露真相……………………… 227

170. 瞎子偷铜钱……………………… 228

171. 张鷟放驴得鞍……………………… 230

172. 程颢辨龄察奸……………………… 231

173. 焚猪显真情……………………… 233

174. 吉安老吏献计……………………… 235

175. 程颢断藏钱案……………………… 237

176. 杨武善用心理战……………………… 238

177. 一句话断案……………………… 240

178. 叶南岩息讼宁人……………………… 241

179. 争子案……………………… 243

180. 孙亮识破蜜中鼠屎……………………… 245

181. 京师指挥拨疑雾……………………… 247

182. 举子"判案"……………………… 249

183. 殷云霁对笔迹 …………………………… 250

184. 唐御史揭真情 …………………………… 251

185. 王著教宋太宗习字 ……………………… 252

186. 曾子杀猪 ………………………………… 253

187. 苏琼晓谕普明兄弟 ……………………… 254

188. 刘南垣谕直指使 ………………………… 255

189. 敬新磨反语谏庄宗 ……………………… 257

190. 孔子引子路入学 ………………………… 258

191. 田子方告诫子击 ………………………… 259

192. 孙权劝吕蒙读书 ………………………… 261

193. 魏徵讽谏 ………………………………… 262

194. 晏子谏杀烛邹 …………………………… 263

195. 唐太宗从魏徵谏 ………………………… 265

196. 范仲淹巧劝滕子京 ……………………… 266

197. 墨子善教 ………………………………… 267

198. 唐太宗赐绢戒顺德 ……………………… 269

199. 师旷劝学 ………………………………… 270

200. 庞仲达解任棠暗示 ……………………… 271

201. 董遇论"三余"勤读 …………………… 272

202. 孔子因材施教 …………………………… 273

203. 再也不打猎了 …………………………… 274

204. 老叟"斥"牛 …………………………… 275

205. 庸芮救魏丑夫 …………………………… 277

206. 王化基是真相知 ………………………… 278

207. 阿柴折箭喻理 …………………………… 280

208. 卖油翁开导康肃公 ……………………… 282

209. 邹忌讽齐王纳谏 ………………………… 284

210. 优旃反语谏秦皇 ·············· 287

211. 刘涣买牛卖牛 ·············· 289

212. 苏章法办故人 ·············· 290

213. 王安期不鞭书生 ·············· 291

214. 廉范相机行事 ·············· 292

215. 周新乔装进监狱 ·············· 293

216. 孙莘老劝富人施钱出囚 ·············· 294

217. 范忠宣行植桑减罪 ·············· 295

218. 张需立户口簿 ·············· 296

219. 商鞅立木建信 ·············· 297

220. 范仲淹救灾有方 ·············· 298

221. 周忱日记阴晴风雨 ·············· 300

222. 严安之以手板划界 ·············· 301

223. "一钱太守"刘宠 ·············· 302

224. 松江太守"明日来" ·············· 303

225. 韩褒让盗贼改过自新 ·············· 304

226. 王罕主持公道 ·············· 306

227. 张敞擒贼王 ·············· 307

228. 宗汝霖安民 ·············· 309

229. 宋就一举成魏楚之欢 ·············· 310

230. 张良计封雍齿 ·············· 312

231. "矬"赵普 ·············· 314

232. 范仲淹食粥心安 ·············· 316

233. 吕蒙正不记人过 ·············· 317

234. 王安石旁听文史 ·············· 318

235. 邴原戒酒 ·············· 319

236. 管宁礼让 ·············· 320

237. 唐临不张扬仆人过失 ·················· 321

238. 洪亮吉大器量 ·················· 322

239. 钱大昕观弈 ·················· 323

240. 卓茂让马 ·················· 324

241. 刘宽不计较 ·················· 325

242. 包惊几笃于友谊 ·················· 326

243. 公孙仪不受馈鱼 ·················· 327

244. 唐太宗三镜自照 ·················· 328

245. 李廙有清德 ·················· 329

246. 曾参不受赠邑 ·················· 330

247. 子罕勿受玉 ·················· 331

248. 宋弘不弃糟糠妻 ·················· 332

249. 王沂状元避奉迎 ·················· 333

250. 郑玄成人之美 ·················· 334

251. 何岳还金 ·················· 335

252. 王恭身无长物 ·················· 337

253. 陆元方卖宅 ·················· 338

254. 朱晖心诺 ·················· 339

255. 李勉埋金 ·················· 340

256. 赵轨清廉若水 ·················· 341

257. 沈驎士处世 ·················· 342

258. 韩琦不责吏将 ·················· 343

259. 高念东为人 ·················· 344

260. 许武助二弟成名 ·················· 345

261. 廉范报恩 ·················· 347

262. 甄彬有还金之美 ·················· 348

263. 吴起不食待故人 ·················· 349

264. 顾荣施炙 ················· 350

265. 范仲淹还金授方 ··········· 351

266. 寇恂为国甘心受屈 ········· 352

267. 王安石余饼自食 ··········· 354

268. 公孙枝荐百里奚 ··········· 355

269. 齐桓公登门访士 ··········· 357

270. 吕元膺提拔守城者 ········· 359

271. 杨修啖酪 ················· 360

272. 解铃还需系铃人 ··········· 361

273. 桓荣苦读得功名 ··········· 362

274. 王质凛然饯别范仲淹 ······· 363

275. 卢坦"怪论" ··············· 364

276. 郗鉴觅婿 ················· 365

277. 管仲用老马识途 ··········· 366

278. 魏王嫌门大 ··············· 367

279. 守成与创业 ··············· 368

280. 孟孙为儿选师傅 ··········· 369

281. 萧何不贪金玉爱图书 ······· 370

282. 富翁识破赌徒诈 ··········· 372

283. 唐太宗论举贤 ············· 373

284. 赵人养猫 ················· 374

285. 陆贾劝汉高祖文治 ········· 375

286. 陆游家训 ················· 377

287. 韦诜择婿 ················· 378

288. 韩琦不乐磕头幕官 ········· 380

289. 任文公预见水灾 ··········· 381

290. 任文公督家人奔走 ········· 383

291. 万二避祸 ················· 384

谢道韫咏雪

历史上一举成名的人不少，但像东晋少女谢道韫（yùn）那样，因打了一个精彩的比方而名留文坛的，实在是罕见。

一个寒冬的下午，天上飘着雪花。谢安在家里把侄子女召集一起，跟他们讲诗论文。孩子们听得津津有味。一会儿，天空下起了大雪。谢安抬起头情不自禁地说："好大的雪啊！"接着他饶有兴味地对他们说："你们看，这纷纷大雪像什么？"

"我知道，我知道。"侄子谢朗争着说。

"好，你先说。"谢安说，"可要比得贴切哪！"谢朗说："这纷纷扬扬的大雪，好像有人在空中撒盐。""不好，不好。"侄女谢道韫说，"盐的分量重，撒向空中，一下子散落到地上，哪还像飘悠悠的雪花呢？"谢朗噘着嘴说："那你说像什么呢？"

谢道韫仰望白蒙蒙的天空，略加思索后说："还不

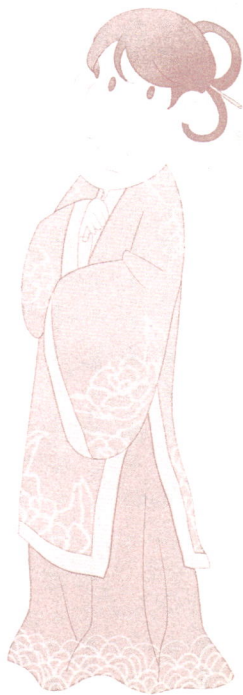

1

如用柳絮随风飘舞来得好。"

　　"好，说得好。"谢安拍手称好，极为欢乐。那雪花在空中飞飞扬扬，多像春日里柳絮经风一吹而满天飘舞的样子。这比喻不胫而走，后人竟用"咏絮才女"来形容女子的工于诗文。

　　一个精彩的比喻，竟流芳千古！

杨振中讲中国智慧故事·女孩版

荀灌救父

晋朝的荀崧（sōng）任襄城太守，被叛军杜曾所包围。襄城兵少，且粮食将尽，于是他想向平南将军石览讨救兵，但一时想不出出城的办法。荀崧的小女儿荀灌，从小有突出的节操，当时才十三岁。"我去！"荀灌说。荀崧看着幼小的女儿："你行？"

"行！"荀灌坚定地说。于是荀灌率领数十勇士，连夜翻过城墙突围而出。敌人发现后拼命追击。荀灌督促勉励将士，一边交战一边向前，最终赶到石览处，请求出兵援助。杜曾听说襄城来了援兵，于是逃散了。这一切都是荀灌出的力！

智勇双全的小女子！

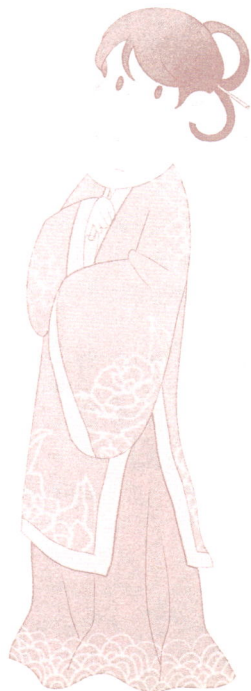

3.

——

在东越的闽中，有一座山，叫庸岭，有数千米高，它的西北面山洞中有条大蛇，长七八丈，粗十几围。当地的百姓常害怕它出来。东冶城的都尉以及所属县城的官吏，有好几个人死在它的口中。用牛羊去祭它，仍然不能保佑平安。那蛇有时托梦给人，有时附在巫婆身上，说要吃十二三岁的小姑娘。都尉及县官都为此担忧。然而，蛇的嚣张气焰及祸害始终不停。都尉及县官一同托人找奴婢所生的女儿，或者犯罪人家的女儿，养着她们。到农历八月上旬，把女孩子送到蛇洞口，蛇从洞里游出来把小姑娘吃掉。好多年都是这样，已经吃掉了九个女孩。

那时，又要预先招募寻求女孩了，可是未得到。将乐县有个叫李诞的人，他的小女儿名叫寄，要去应招。父母仁慈，疼爱女儿，始终不让她去应招。

李寄自己偷偷地出走了，家中人无法阻止她。

李寄报告官府，请求给她一把好剑和一条善于咬蛇的狗。到了农历八月上旬，便到庙中坐着，揣着剑，牵着狗。她事前煮好了几石糍饭团子，拿糖浆掺在糍饭里，把糍饭团子放在蛇洞口。蛇便从洞穴中出来，头大得像谷囤，眼睛像直径二尺的铜镜。蛇闻到饭团子的香气后，先吞吃饭团子。李寄便放出狗，狗奔上去咬蛇；李寄从后面用剑砍，砍伤了好几处。蛇痛得厉害，于是蹿出洞中，蹿到庙的庭院中便死了。李寄进入蛇洞中察看，找到了那九个女孩的骨头，全部拿了出来，叹息着说："你们胆小懦弱，被蛇吃了，既可悲又值得同情！"

　　于是李寄便缓步回家了。

　　这故事虽近乎神话，但李寄的沉着、勇敢、机智，千百年来始终受人敬仰！

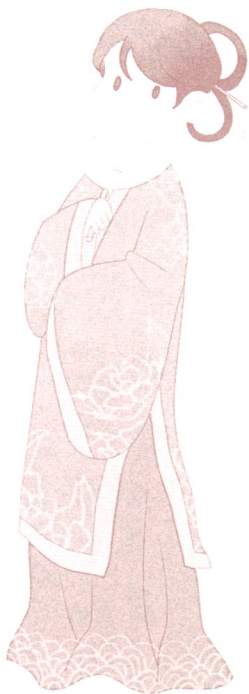

4.

宋钦宗时的宰相李邦彦，他的父亲曾做过银匠。有人以此讥笑嘲讽他。李邦彦也以此为羞，他回家后把这事告诉了母亲。母亲说："如果宰相的后代做了银匠，这才叫羞耻；要是银匠的后代做了宰相，这是让人羡慕的大好事，为什么要感到羞耻呢？"

妇人一言以励志！

陶母责子

东晋的陶侃年轻时，做管理河道及渔业的官吏，曾经把一坛腌鱼派人送给母亲。母亲把腌鱼封好后交回使者，并回信责备陶侃，说："你做官吏，把公家的物品送给我，不仅没好处，反而增加了我的忧愁。"

陶母是天下父母的榜样！

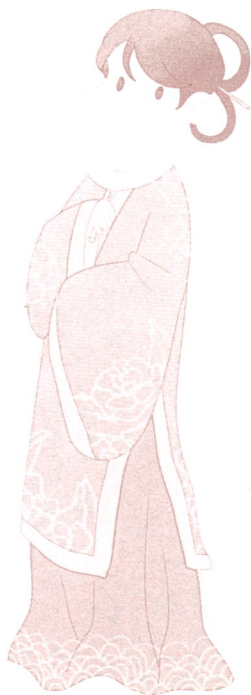

孟母三迁

——

　　孟子小时候，住在坟墓旁，经常玩送葬祭拜之类的游戏。他的母亲说："这里不适宜安顿我儿子。"于是迁居到集市贸易旁。不久，孟子又学起了商人叫卖的游戏，他的母亲说："这里还是不适合我儿子生活。"于是又迁居到学校旁边住下。孟子天天看着学生们学习祭祀及打躬作揖、进退朝堂的礼仪，他也玩起了这种游戏。他的母亲说："这里可以安顿我的儿子了。"于是定居下来了。

　　教育要有良好的环境，孟母三迁被后世传为美谈！

7. 断织教子

孟子小时候，有一次在母亲织布机旁背书。背着背着突然停下来了，等了一会儿又继续背下去。

母亲知道他有所遗忘，便把他叫过去问："为什么中间停下来了？"

孟子回答说："中间忘了，后来又想起来了。"

母亲拿起刀把布机上的织物割断了，说："这织物割断了，还能连接得跟原来一样吗？"从此以后，孟子背书不再有遗忘了。

教育要"严"字当头！

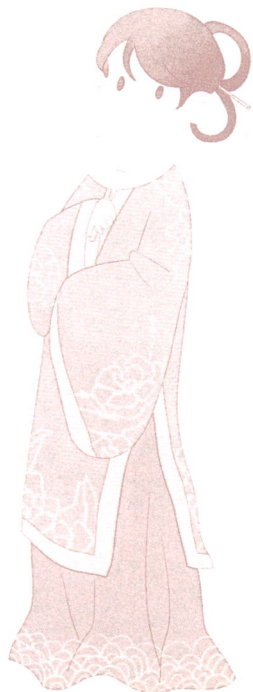

赵威后问齐使

　　齐王派使者访问赵威后——赵国的太后，其时因儿子年幼，由她摄政。国书还没打开，赵威后便问来使："你们国家的收成大概没遇到什么灾害吧？百姓没什么忧患吧？你们的国王也没什么忧虑吧？"

　　齐国使者听了不高兴，说："我奉命出使拜见你，如今你不先问我的大王，却先问年成与百姓，难道是把低贱的放在前面而把高贵的放在后头吗？"

　　赵威后说："不对。如果没有好的收成，怎么能保住百姓？如果没有百姓，靠什么来做国君？所以哪有丢开根本而问末节的呢？"

　　赵威后说得对，"收成"与"百姓"是国家的根本！

杨氏力守项城

唐朝德宗建中年间，李希烈反叛朝廷，攻下汴州后又企图袭击陈州。

此时李侃任陈州项城县县令，他认为城小而叛军多，无法抵抗，准备弃城而逃。他妻子杨氏说："叛军到来理应守住城头，力量不够，应为国而死。你丢下项城逃跑，叫谁守城？"

李侃还是犹豫不决。妻子说："请用重金招募勇士！"

李侃便召集官吏百姓商量，说："你们出生在这里，祖祖辈辈的坟墓在这里，难道能容忍叛军蹂躏！"大家哭了，发誓与城同存亡。

李侃率领百姓在城外与叛军交战，他被乱箭击中，抬回家中，妻子责备说："你不在前线，谁肯坚守？死在战场总比死在床上好，快去督战！"李侃随即登上城墙，百姓见县令还在城头上指挥，顿

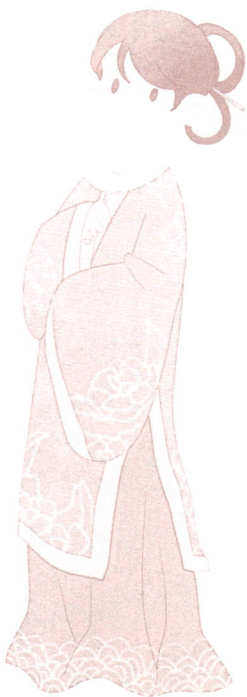

时士气大振。这时适逢叛军头领中箭而死，叛军便逃散了。

项城最终保住了。

杨氏有主见，无杨氏便无完整的项城！

婆媳下盲棋

王积薪是唐朝著名的围棋手，自认为天下无敌。有一年他要游历京城，半路上投宿在旅店里。蜡烛已经熄了，他听见店主老太隔着墙壁在呼唤她的媳妇，说："美好的夜晚难以消磨，可否下一局棋？"媳妇说："行。"老太问："现在是下第几道子了？"媳妇回答她该下某某道子了。她们分别说了数十个落子点。老太说："你输了。"媳妇说："认输。"王积薪边听边暗暗记住，第二天把她们落子的过程逐步恢复，发觉自己的思路远不及婆媳俩。

妇女下棋少见，如此高水平更难得，难怪王积薪也要自叹不如！

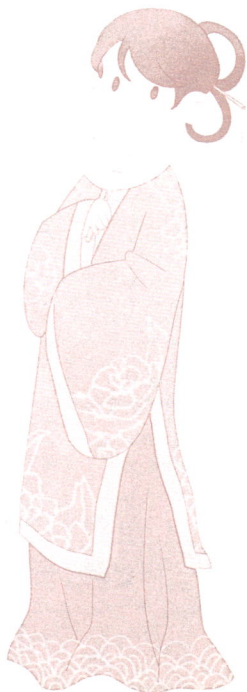

崔氏训诫不孝之子

东汉的房景伯任清河太守时，有个妇女诉讼儿子不孝。景伯把她的儿子叫到郡府，狠狠地责骂了一通。景伯的母亲崔氏说："小百姓不懂得礼仪，狠狠地责骂有什么用？"崔氏把那妇人找来，跟她在桌前一同饮食，让那妇人的儿子站在旁边，看景伯是如何给母亲及那妇人端饭夹菜的。不到十天，那不孝子请求回去，说自己已经知道错了。崔氏说："这人虽然表面上已觉得惭愧，但他内心未必真正知道错了，姑且再留几天。"

妇人与那儿子在郡府中共留了二十多天，天天看景伯是如何对待母亲的。直到那儿子叩头出血，他母亲哭着要求回去，崔氏才放走他们。那不孝子回去后，最终成了远近闻名的大孝子。

身教胜于言教！

老妪反讥刘道真

晋朝的刘道真，是个诙谐才子，因遇社会动乱，在河岸给人拉纤。

有一天，他见一老妇人在摇橹，便嘲笑道："女子何不调机弄杼（意为在家纺织），因何傍河操橹？"老妇人回答说："丈夫何不跨马挥鞭，因何傍河牵船？"

又有一次，道真跟人在茅草屋里对着白色的盘子进食，看见一个老妇人带着两个小孩经过，他们都穿着黑色衣服，他调侃道："青（黑）羊引双羔。"老妇人回答说："两猪共一槽。"

刘道真无话回答。

老妇人也不是好嘲弄的！

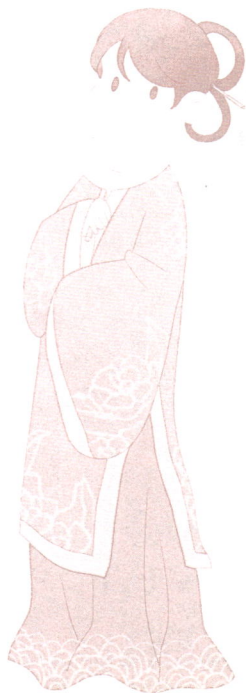

阮氏以德勉夫

许允的妻子容貌丑陋，是阮共的女儿。成婚那天礼拜结束，许允不肯入洞房，家里人为此很担忧。

适逢许允有客人到家，阮氏让婢女瞧瞧是谁。婢女回答说："是桓先生。"桓先生即桓范。阮氏说："这下不用担忧了，桓先生一定会劝他进入洞房的。"

桓范果然劝许允说："阮家既然把丑女嫁给你，其中必然有道理，你应该观察她。"许允便回头进入洞房。可一见丑女，又立刻想退出。阮氏料到他出去后，再不可能回房，于是抓住他的衣襟使他留下来。

许允于是对她说："妇女应具有四德：妇德、妇言、妇容、妇功，你有几德？"阮氏说："我所缺少的，仅仅是容貌罢了。然而我也听说，读书人有百种品行，你有几种？"许允说："我全具备。"阮氏说：

"在百种品行中，'德'是第一位。我看你是好色不好德，怎么能说全具备呢？"

许允被阮氏说得露出了惭愧的神色，以后便敬重阮氏。

阮氏一番话击中丈夫要害！

阮氏以德勉夫

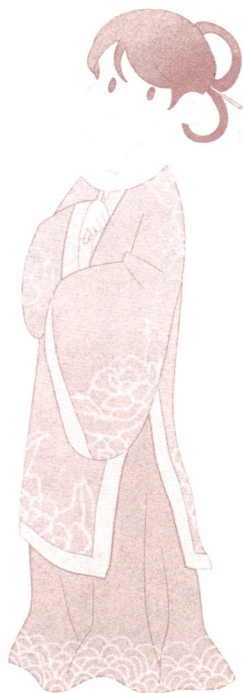

许允妻有高见

三国时魏国的许允，官至吏部侍郎。他任用了不少同乡人，有人检举他任人唯亲。魏明帝曹叡（ruì）派人把他逮捕了。

他的妻子阮氏追出去告诫道："明理的皇帝可以以理力争，很难用感情取得谅解。"

许允进宫后，魏明帝向他核实并问他。许允回答说："古人说，推荐你所了解的人。我的同乡，是我所了解的。皇上可以检查核实，他们是不是称职。如果不称职，我甘愿服罪。"

经检查核实，他们都是官府合适的人选，于是立即释放许允。许允在拘捕与关押时，衣服损坏，皇帝下令赐给他新的衣服。

当初许允被抓时，全家号啕大哭。阮氏却跟平时一样，说："不用担忧，不久就会回来的。"

不久，许允果然回家了。

摸准了对方品性，目的就会顺利达到！

15. 辽阳妇吓退敌人

辽阳东山地方的外敌，一路上抢劫掠夺到一户人家。男人都不在家，只有三四个妇女。外敌不知虚实，不敢贸然入室，在院子里用弓箭吓唬她们。

室内两个妇人拉紧绳子，另一个妇女把箭搁在绳上，从窗口绷射敌人。发射了好几次箭后敌人还不退去，可是箭用尽了，于是大声诡称："把箭拿来！"一个妇女用一捆麻秸秆掷在地上，发出像一捆箭掷地的声音。

敌人惊慌了，说："她们有那么多箭，制服不了了！"于是逃走了。

假作真时真亦假！

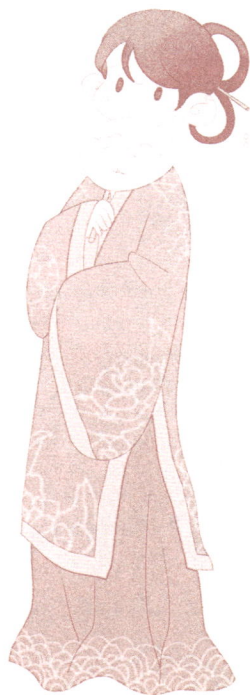

长孙皇后贺唐太宗

　　有一回唐太宗早朝结束后怒气冲冲地说："应当杀掉那个乡巴佬！"长孙皇后问道："谁触犯了您皇上？"太宗说："还有谁会超过魏徵！他常常在朝廷上直言侮辱我，弄得我极尴尬。"皇后默默地退下去，然后穿上朝服站立在院子里。太宗见了，很是惊讶："皇后为什么要这样？"长孙皇后说："我听说皇上圣明，臣下就忠心。如今你圣明，所以魏徵敢直言。我怎敢不祝贺！"唐太宗认为皇后说得在理，不仅消除了怒气，而且更加敬重魏徵！

　　皇后从另一个角度看问题，坏事成了好事！

崔涓送木瓜

　　唐朝的崔涓做杭州太守，在西湖上饯别皇上派来的太监。当时有人送来一只木瓜，这是大家从未见过的。因为它产自岭南，到达杭州千里迢迢，于是在座的轮流拿着它观看。

　　太监也好奇，随即放在袖口里准备带回去，说："宫中从未见过，应该把它献给皇上。"一会儿，船夫解开缆绳出发。太守顿时害怕起来，他担心木瓜会腐烂，要是皇上见了，罪该万死，因此闷闷不乐，想撤去宴会。这时，有个官妓对太守说："请太守尽兴饮酒，我估计木瓜经过一夜必定会抛扔在河中。"太守听从了她的话，继续饮酒。不久，适逢送别太监的使者回来，说："木瓜溃烂了，已扔掉了。"这下太守如释重负。崔涓对官妓的预见感到奇怪，把她召来问。官妓说："太监请求把木瓜献给皇上，必定要用匣子装好，然后出发。当初大家轮流观看，都用手捏过。这

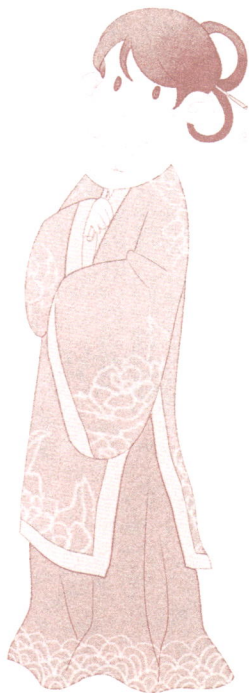

木瓜香脆很容易坏，一定不可能挨到进宫献上。"在座的都认为官妓说得有理。太守立即要下属官员拿出香丝绵当面赠送给她，以表感谢。

官妓有经验，所以判断准确！

班昭续写《汉书》

　　扶风的曹世叔，他的妻子叫班昭，博学而高才，是著名史学家班彪的女儿。可惜曹世叔早死，留下班昭孤身一人。班昭的兄长班固，是《汉书》的作者，洋洋数十万字的巨著，没来得及完成"八表"及"天文志"就去世了。这么重要的著作让谁来完成呢？汉和帝刘肇想到了班昭，于是下诏书叫班昭去东观藏书阁续写《汉书》。和帝多次召她进宫，要皇后及皇妃们拜她为师，跟随她读书，称她为"大家（gū）"。所以后世也称班昭为"曹大家"。

　　每当各地有奇异的物品进贡皇帝，就叫"曹大家"去写诗赋祝颂。后来《汉书》刊出后，很多人不太理解，就请班昭去讲解。马融跟班昭是同郡人，住在藏书楼旁，接受班昭传教，后来成了著名的学者。

　　女子而能修史的，中国历史上唯班昭一人！

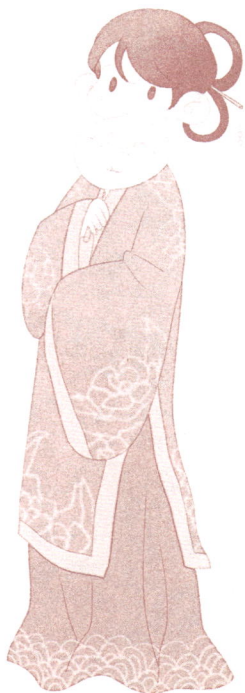

李成梁夫人毙二寇

明朝李成梁将军的夫人是辽阳普通人家的女儿。

辽阳百姓当时苦于盗贼劫掠，往往在自己家掘一口深井用来藏财货。有户人家因为躲避盗贼而出走了，只留下一个女儿隐伏在井中看守。有两个盗贼进入她家，发觉井里有人，于是一个人系着绳索悬挂下去，看到井中有个女子，十分高兴，便叫同伙先把女子拉上去。同伙又向下窥视，想放下绳子。那女子立刻从后面把他推落井中，同时用重物压住井口。见到门口有拴着的马，便跨上马逃走了。

几天后盗贼走了，父母都回到家，那女子述说早先遇到的事，全家人便合力打死了那两个盗贼，砍下头后向上司请赏。

李成梁这时在军队中，听到那女子有智有勇，托人说媒娶了她。以后李成梁任辽东总兵，他的妻子也封为一品夫人。

一个小女子有如此胆略，罕见！

20.

乐羊子妻诲夫

河南乐（yuè）羊子的妻子，不知道是姓什么人家的女儿。

羊子曾经在赶路时，拾到别人丢失的一块金子，回来把它交给了妻子。妻子说："我听说过，有志气的人不喝'盗泉'的水，廉洁的人不接受'嗟来之食'，何况是拾取失物以取得利益而玷污自己的品行呢？"羊子十分惭愧，就把金子扔在野地里，而后去远方寻找老师求学。

一年后，羊子回来。妻子跪着问他为什么回来。羊子说："出门时间长了，很想念家，没有别的特殊原因。"妻子就拿起刀来，走到织布机旁，说道："这个织物是从养蚕抽茧开始，在布机上织成。一根丝一根丝慢慢积累起来，直到成寸；一寸一寸不断地积累，才成丈成匹。现在如果割断这织物，就丧失了已有的成果，耽误浪费了时光。你从事学习，应当'每天学

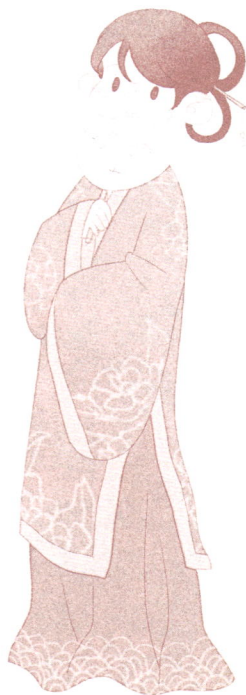

到自己所不懂的知识'，用来成就美德；如果中途回来，跟割断这织物有什么两样呢?"羊子被妻子的话所感动，又回去修完学业。

乐羊子之妻诲夫，既诲德又诲才，真是了不得的女子!

杨振中讲中国智慧故事·女孩版

习氏劝夫自责

丹阳太守李衡，在好多事情上触犯琅琊王。他的妻子习氏规劝他不要这样做，可李衡不听从。

等到琅琊王继位做了吴国君主，李衡忧愁恐惧得不知如何是好。习氏说："吴王一向心地善良且爱慕名声，眼下正想向天下人自我表明，终究不会因为私人的怨仇而杀你。你可以自己捆绑后前往监狱，说明早先的过错，公开地要求接受惩处，这样吴王一定会迎接你并宽恕你，不只是活命。"

李衡听从了妻子的话。吴王下文书说："丹阳太守李衡因为早先跟我有怨隙，现在他自愿入狱，表示悔过，还是让他回去做郡太守吧。"

习氏不仅救了丈夫一命，而且还让他官复原职。

主动请罪远胜于被动受罚！

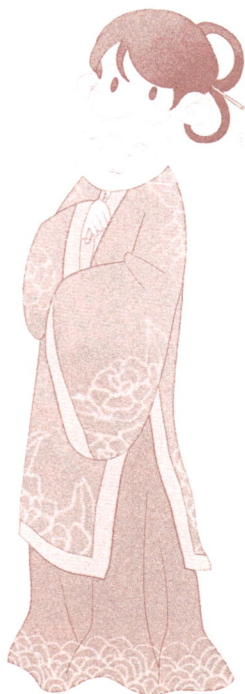

母捶李景让

　　唐朝李景让的母亲郑氏，本性严格明事。李景让做官时，头发已斑白，稍有过失，免不了受母亲责打。景让在任浙西观察使时，有个下级军官因违背他的心意，被他打死了。军中将士十分愤怒，准备叛变。郑氏得知情况后，出去坐在厅堂上，让景让站在堂下，斥责他："皇上交给你巡视一方的大权，怎么可以把国家的刑法作为自己喜怒的资本，而胡乱地杀死无罪的人！万一造成一方不太平，这不仅仅辜负朝廷的期望，而且让我这年迈之人含着羞辱入地，凭什么去见你的祖宗！"于是叫左右的人剥去他的衣服，准备鞭打他的背脊。将士们听了十分感动，都替李景让求情，李母很久才宽恕了他，于是军中逐渐安定下来。

　　一场风波，顿时转危为安！

23.

郑氏巧惩滕王

——

　　唐朝的滕王极为好色，下属官吏的美妻，都被他污辱过，谁也不能保持清白。

　　滕王府的典签崔简，妻子郑氏，刚到府中，不料也被滕王看中。滕王派人唤她去。崔简十分为难：想不让妻子去，怕滕王的威势；如果去，肯定要受到污辱。郑氏说："我去，不会受伤害！"就跟随来人进入滕王中门外的小楼。

　　滕王在楼上等着。郑氏进入后，滕王就逼她同床。郑氏呼唤周围的人："大王难道会干这样的事？这一定是家奴想干坏事！"随即用一只鞋把滕王的头敲破了，还抓破了他的脸，流血不止。滕王的妃子听见吵闹声出来，郑氏便脱身。滕王感到羞愧，接连十多天不处理公事。

　　郑氏敢作敢为，因为心中早有主意！

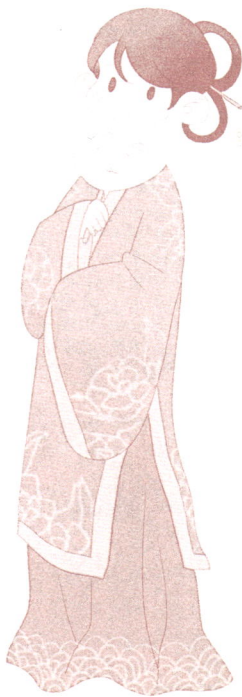

葛氏代夫拒贼

　　白瑾的妻子，是山阴县姓葛人家的女儿。白瑾从小体弱，葛氏善于调教，让丈夫读书。明朝宪宗成化年间，白瑾考中进士，出任分宜县县令，妻子葛氏与他一同前往。

　　第二年，白瑾患了一场病，逐渐好转，这时府库里所贮存的银子有数千两。邻县因饥荒而发生动乱，几百个盗贼打家劫舍。县城本无城墙，盗贼突然到来，县令下属的主簿、县丞都带着家眷逃走了。

　　葛氏叫家人竭力守住官署的左右两门，把丈夫安置在其他房间，将银子埋在污水池中，然后自己穿上丈夫的官服，坐在大堂上等候盗贼。盗贼到了，葛氏假装好言好语慰劳他们，拿出自己的金钗、耳环、衣服等全部给了盗贼。盗贼很感激地离去了，他们不知道葛氏暗中已做好标记，事后按金银饰物的标记，把盗贼一网打尽。

　　胆大心细，捕贼有方！

姜氏有远见

春秋时，晋国宫廷发生内讧，公子重耳被逼流亡他国。

有一年重耳带着一批人流亡到齐国。齐桓公把宗室里的一个姓姜的女子给他做妻子，并送他二十辆马车。重耳觉得生活很安适，在齐国滞留了五年，不想返国了。

这把跟随的人急坏了。

重耳的随行人员赵衰、咎犯等在一片桑树林下谋划，准备劫持重耳回国夺取政权。这时有个采桑女子在附近听到了他们的计谋，回去后告诉了姜氏。姜氏为了保密，将采桑女杀了，并劝重耳赶快出发。

重耳说："人生只求安乐，还管别的什么呢？"

姜氏说："你是晋国的公子，走投无路才来齐国，随从的人都把你作为命根子，你不赶快回国，夺得君

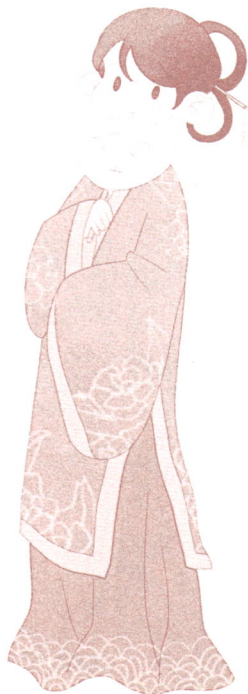

位后报答有功劳的人，我为你感到羞耻！"于是姜氏与赵衰等人设计让重耳喝醉了酒，用马车载着他离开齐国。

重耳在外流亡了十九年，最终靠了秦国的力量返回晋国，夺得了君位，世称晋文公，成了春秋五霸之一。

无姜氏，即无日后的晋文公！

杨振中讲中国智慧故事·女孩版

赵括母有言在前

秦国与赵国在长平交战，秦国施反间计说：我们不怕廉颇，就怕赵奢的儿子赵括。赵王信以为真，把大将廉颇撤下，用赵括代替。

赵括从小跟随父亲赵奢学兵法，说起用兵打仗，夸夸其谈，然而赵奢并不认为他真有本事。等到赵括将要出发，他的母亲向赵王上书："赵括不配做大将。"

赵王问："为什么？"

括母说："早先我侍奉他的父亲，当时赵奢任将军，他亲自给数十个部下端饭送酒，跟他友情深厚的有好几百人；大王及宗室所赏赐的，全部给了部下；要是受命出征，就不问家中的事。如今赵括一下子被任命为大将，朝东坐着，军中将吏吓得没有人敢正面看他；大王所赏赐的财宝，全藏在家中，而且每天出门去购买适宜的田地住宅。父子两人志趣各异，希望大王不要派他出征！"

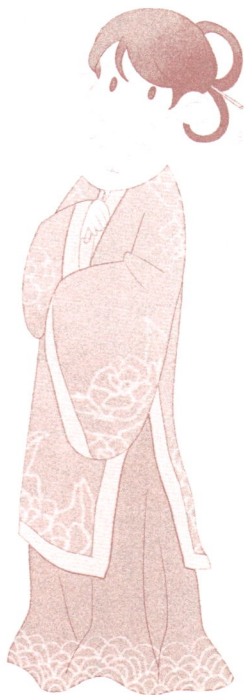

赵王说："你不要说了，我已决定了！"

括母说："大王一定要派他出征，如果有不称职，我请求不要牵连到老妇。"赵王答应了。

赵括一到长平，全部更改了廉颇制定的纪律，并撤换了不少军吏，最终兵败身死。因为括母有言在先，赵王没治她的罪。

括母有真知灼见，可惜赵王不听，最终酿成国难！

27.

练氏愿保全城性命

　　章太傅的妻子练氏，智慧与见识超过一般人。

　　章太傅曾用兵，有两位将领未按时到达，想把他们斩首。练氏惜才，便设酒宴，并且把美女打扮一番献给太傅。太傅边饮酒边欣赏歌舞，极为欢乐，通宵达旦。练氏秘密地让两位将领出逃。

　　两位将领直奔南唐，以后率南唐兵士攻打建州。此时章太傅已死，练氏住在建州。两位将领派使者带着丰厚的钱财前往练氏家，并且把一面白旗交给练氏，说："我们将攻杀建州城，你夫人可竖起白旗作为标记，我们告诫士兵绝不冒犯。"

　　练氏把财物退还给使者，说："你们还想着早年的恩惠，使我感到慰藉。我希望保住全城百姓的性命。如果你们一定要杀光全城百姓，那么我全家可以跟大家一同死去，我也不想独自活着！"

　　两位将领被她的话所感动，于是放弃了屠城的

打算。

　　练氏救二将，又救全城百姓，她的"智识"是建筑在仁慈基础上的！

黄善聪女扮男装

明孝宗弘治年间，发生了一件奇特的事。

黄善聪是民家女孩，十二岁那年母亲死了。她的姐姐已嫁人，父亲以贩香为业。他可怜小女善聪年幼失母，无处可寄养，就让她女扮男装，带着她到处经商。几年后父亲也死了，落下个苦命的孩子！善聪改名换姓叫张胜，仍旧干卖香的活养活自己。有个小伙子叫李英，跟善聪年龄相仿，也是贩香的，从金陵出来。但不知道善聪是女性，他们结为伙伴，共同卖香。他俩同吃同住。超过一年多，善聪常谎称有病，睡觉时不脱衣袜，只有在半夜里才大小便。

弘治辛亥年正月，善聪跟李英一同回南京，当时已二十岁了，披着头巾戴着帽子前去看望姐姐。姐姐说："我一向没弟弟，哪来你这个弟弟呢？"

善聪笑着说："我就是善聪！"边哭边叙说往事。姐姐大怒，并骂道："你是男女不分，严重地玷辱了

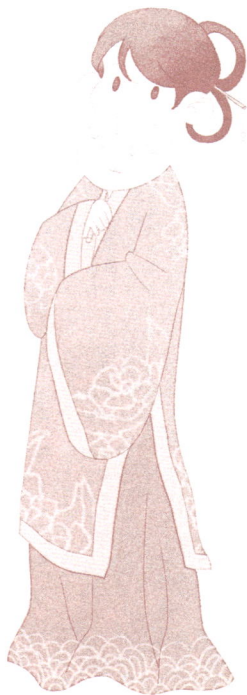

我家的名誉！你即使自己表明清白，可有谁相信呢！"
于是要把善聪赶出门。善聪极为气愤，哭着发誓说：
"我如果不清白，就死给你看！只有用清白来表明我的
心！"刚巧邻居是个接生婆，姐姐便叫来对善聪作了
验证，果然是处女，姐妹俩这才抱头痛哭，姐姐亲自
给她穿上女装。

　　第二天，李英来拜访，原打算一同再出门经商，
等善聪出现，突然变成了女子，大为惊讶，一问才知
道详情，于是闷闷不乐地回家，若有所失，怨恨自己
早先竟如此糊涂。他告诉母亲，母亲也不停地感叹。
当时李英尚未娶妻，母亲认为善聪有德有才，就向善
聪求婚。善聪不答应，说："我如果最终嫁给他，能保
证别人不会怀疑吗？"亲戚邻居来相劝，善聪涕泪横
流，更加不肯答应。人们纷纷传说，认为是奇事。上
司听说后，便帮助李英缴纳聘礼，判定为夫妻。

　　前有木兰代父从军，后有善聪女扮男装贩香，都
是奇女子！

新妇处置小偷

有户人家娶媳妇当晚，有小偷来挖墙壁，挖穿墙壁后便进入室内。哪知室内竖着好几根大木头，小偷撞上木头，木头倒地，恰巧击中小偷头部，顿时被砸死。

主人家听到响动，立刻点燃蜡烛来照，原来是认识的邻居，弄得一家人惊慌失措，担心被人反咬一口，招来灾难。这可怎么办呢？这时新媳妇出来了，见此情况，说："没关系。"家人问她用什么办法处理。新媳妇叫人腾空一只大箱子，把尸体放进箱子里，"笃笃"敲了几下，然后抬到小偷家门前，转身就走。

小偷的妻子打开门看到箱子，以为是丈夫偷来的东西，满心欢喜地把箱子拖进家中。她见丈夫好几天没回家，便打开箱子观看，里面装着的竟是丈夫的尸体。她不知道是谁杀的，正是哑巴吃黄连，

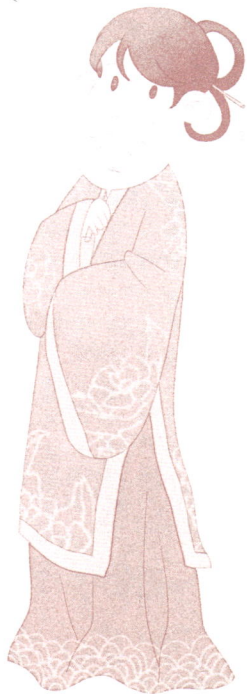

有苦说不出，只得秘密地把尸体埋葬了，随即逃之夭夭。

新妇沉着镇定，贼妇有苦难言！

30.

王珪母知儿必贵

唐朝的王珪（guī），官至礼部尚书，辅佐唐太宗数十年，为朝廷重臣。

王珪早年隐居时，与房玄龄、杜如晦友好往来。母亲李氏曾说："你将来必定富贵，然而我不知道与你交往的是何等人，请带他们一同来家让我见见面。"

适逢房玄龄、杜如晦等人来拜访，李氏悄悄地见了，大为惊讶，吩咐仆人赶快准备酒食，极尽欢乐。李氏笑着说："二位客人是辅佐天子的人才，我儿子将来能富贵必定无疑！"

史书另有记载：王珪的妻子曾剪下头发去换酒食招待客人，她看到在座的客人个个英俊，见那个年龄最小而长有弯曲胡须的，便说："你们将来成名，都得依靠这人！"那少年原来是日后的唐太宗。

物以类聚，人以群分！

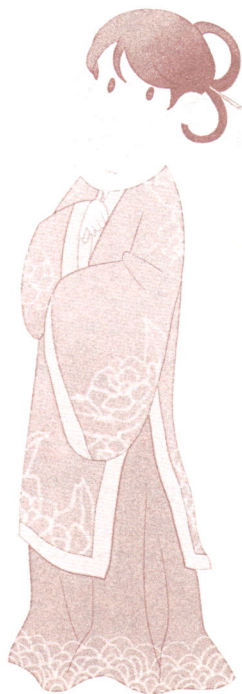

31.

漂母饭韩信

　　韩信年轻时是个平民百姓，生活贫困，也没好的品行，曾经有一段时间向人乞讨过日子，人们都讨厌他。后来又转而向亭长乞讨，一连几个月，亭长的妻子也深感忧虑，于是提早把早饭吃完，等到韩信上门时，没给他准备吃的。韩信发觉了亭长妻子的用意，就不再上门。

　　韩信在淮阴城墙下钓鱼，身旁有好多大娘在漂洗丝绵。有一个大娘看到韩信饥饿，就分出一部分饭菜给韩信吃。那大娘漂洗了数十天，韩信得以天天有饭吃。韩信很高兴，对那大娘说："我一定会重重报答你！"大娘生气地说："大丈夫应该自食其力，我是可怜你这个年轻人而给你吃的，难道为了期望报答！"

　　多年后韩信成了汉朝开国元勋，封淮阴侯。他找到当年给他饭吃的大娘，不失诺言，以千金重谢。

　　后人建"漂母祠"，有对联道："世间不少奇男子，千古从无此妇人！"

32.

王昭君不赂画师

汉元帝刘奭（shì）有很多嫔妃，不能经常见面，于是叫画师描绘她们的形貌，然后翻阅图册选择喜欢的召见。众嫔妃都贿赂画师，多的十万，少的也不低于五万，希望画师给她们描绘得靓丽些，唯独王昭君不肯贿赂，图形平常，因此不被元帝召见。

后来匈奴人来汉朝朝见皇帝，要找个美女做匈奴头领的妻子，表示双方友好。于是元帝翻阅画册，指定把昭君送出去。等到将离京出发，元帝召见昭君，想不到她的容貌是嫔妃中最好的，且应对得体，举止文雅。元帝对此十分懊悔，然而送往匈奴的名册已确定。元帝对外族极讲信用，便不再换人。

王昭君自尊，宁为玉碎，不为瓦全！

43

平阳公主建「娘子军」

　　唐高祖李渊的第三个女儿，在没出名时嫁给了柴绍。

　　李渊起兵反隋，柴绍与妻子商量："你父亲要扫清天下污浊、平定多灾多难的社会，我想投奔他共同战斗，但我们同时离家不可能，我一个人独自去又不放心，怕留下后患，有什么好计策吗？"

　　妻子说："你应该赶快离家前往。我一女子，到时候自会有办法对付。"柴绍就抄小路到太原。妻子随后回户县，散发家财，招募到七万士兵，以响应父亲的起义，号称"娘子军"。不久与哥哥李世民一同包围了隋朝京城长安。长安攻下后，她被封为平阳公主。

　　她是中国历史上第一个真正意义上的女将军！

任氏勉皇甫谧勤学

晋朝的皇甫谧（mì），二十岁时还不好好读书，成天东游西荡，有人认为他是痴呆的人。

皇甫谧曾经弄到了一些瓜果，给叔母任氏吃。任氏说："《孝经》上说：即使每天用牛、羊、猪的肉供养父母，还不能算孝顺。你如今已二十出头，眼睛不看书，心中无正道，没什么用来使我得到安慰。"接着感慨地继续说，"从前孟母三迁，终于使孟子有了仁心，曾参杀猪教育好了儿子，难道是我选择的邻居不好，还是我教导的方法有所不当，你为什么如此愚蠢不开窍！修身勤学，是你自己获得好处，跟我有什么关系？"说罢，对着皇甫谧哭泣流泪。

皇甫谧为此感慨激奋，于是前往乡里人席坦家求学，而且刻苦努力。家中贫困，亲自耕种与收获，常携带书本劳作，终于精通了儒家经典及诸子百家的著

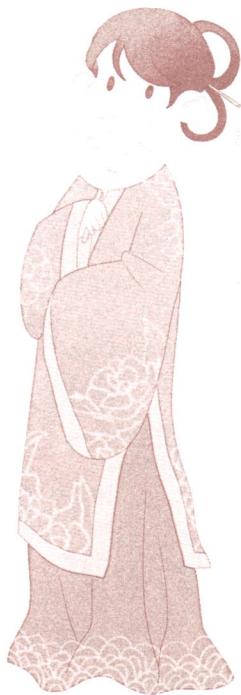

作。壮年后著书立说，自称"玄晏先生"，成了当时著名的学者。

任氏教育侄子，苦口婆心，终见效果！

衙役妇义救犯人

　　有个姓王的义士，不知他名字叫什么，是泰州如皋县衙门的差役。甲申那年，明朝灭亡后，当地的平民许德溥不肯按清政府规定剃头发，发誓宁死不屈。官吏以违抗朝廷命令而把他杀了，妻子被判流放边疆。

　　王义士适逢当班押解，他敬重许德溥的正义行动，想拯救他妻子，可没办法，于是整夜叹息睡不着。他的妻子对此感到奇怪，便问："你为什么整夜辗转反侧，有什么心事？"

　　王义士说："这不是你们女人家所了解的。"妻子说："你不要认为我是妇人而轻视我。你只管说给我听，我能给你谋划。"于是王义士把情况告诉了她。妻子说："这不难。如果能找到一个人代替她就行了。"王义士说："确实是这样。可是哪里去找这样的人呢？"妻子说："我愿意代替。"王义士说："真的吗？还是开玩笑？"妻子说："确实是真的，有什么可

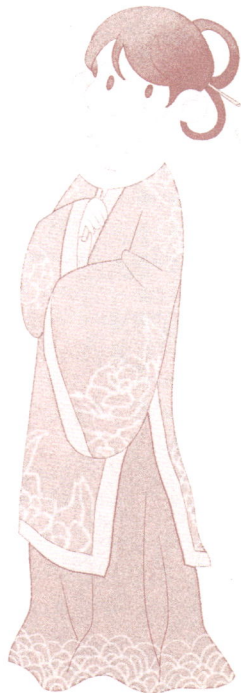

开玩笑的？"于是王义士趴在地上叩头感谢，马上去告诉许德溥的妻子，让她回娘家躲避，随后王义士夫妇上路。

每当经过郡县的驿站，需前往验明正身时，他的妻子俨然像个被押解的流放犯人。经过数千里行程，到达流放地。一路上风霜雨雪，心甘情愿，毫无怨恨。

王义士的妻子才是真正的义士！

36.

董氏助夫避险

　　唐朝武则天掌权时，太仆卿来俊臣权势显赫，朝廷官员不敢正面看他。上林令侯敏偏要巴结他。侯敏的妻子董氏规劝阻止他说："来俊臣是祸国殃民的坏人，他的权势不会很长，一旦垮台，依附他的人都会遭殃，你可以敬而远之。"侯敏听了妻子的话，渐渐疏远来俊臣。来俊臣察觉后大怒，把他贬为涪（fú）州武龙县令。侯敏不想上任，希望回故乡，董氏说："赶快离开京城，不要停留。"于是，一家人出发。到了涪州，州官不同意他上任。侯敏十分忧闷，董氏说："姑且住下，不要离去。"过了五十天，忠州的叛敌攻破武龙县城，杀了县令。侯敏因为没上任而逃过一劫。

　　后来来俊臣也被处死，其同党多遭流放，侯敏因与他无关连而免罪。

　　沉着而有预见的董氏！

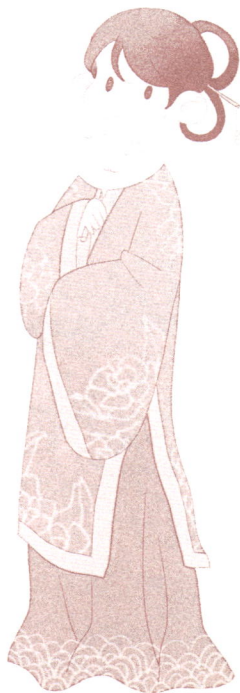

车夫之妻勉夫

晏子做齐国国相时，有一次车夫给他驾着车出门。车夫的妻子从门缝里偷看，见她的丈夫撑着车上的大盖伞，挥动鞭子赶着四匹马拉的大车，一副得意洋洋的神态。

不久，车夫回家了，他的妻子要求跟他离婚。

车夫感到奇怪，问她原因，妻子说："晏子身高不满六尺，身为国相，在诸侯各国名声显赫。刚才我看他出门，思想很深沉，常把自己放在别人之下，而你身高八尺，给人做赶车的仆人，然而你的思想神态，自以为很满足。我因此要离开了。"

受到妻子教育后，车夫便自我克制，谦虚多了。

晏子感到奇怪而问他，车夫把实情一一告诉晏子。晏子觉得车夫大有长进，便推荐他做了大夫。

这"大夫"是妻子得来的！

唐河店老妇斗辽敌

北宋初年，生活在今天东北地区的辽人不断地进关侵扰。河北的唐河店，是边防重地，早先是个热闹的小镇。自从辽人进关骚扰后，百姓死的死、逃的逃，不几年就田地荒芜、集市萧条，剩下的人不多了。

一天，辽兵又进村了，人们纷纷逃避，整个村子只有一个老妇人没走。一个辽兵进村后，来到老妇人屋前。他翻身下马，将马拴在门前树上，手里拿着弓箭，粗着喉咙朝老妇人吼道："喂，老太婆，快给我打点水，我口渴得很，马也要饮水。"

老妇人朝辽兵看看，拎起水桶和绳子往井边走去。她刚把桶放到井里，突然停止了，抬起头朝坐在门口的辽兵喊道："绳子太短了，井水吊不起来，我年纪大，使不出力，请大王自己来打水吧！"老妇人故意称辽兵为大王。

"蠢货！"那辽兵站起来，气呼呼地走到井边，把

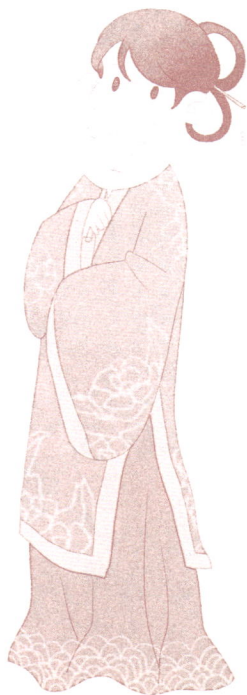

绳子系在弓的一端，这样可使绳子长一点，接着便弯下腰打井水。老妇人看准机会，使尽全力，从后面将辽兵推落到井中。她奔到屋前，解下辽兵的战马，骑着马直奔郡府。马背上挂着一个象征辽敌的猪头。

　　沿路百姓看到，无不拍手赞扬。大家夸这个老妇人有计谋有胆略。

这老妇人有谋有胆，故能"独止店上"！

杨振中讲中国智慧故事·女孩版

39

黄道婆推广纺织

　　宋朝的时候，福建、广东盛产棉花，把它纺织成布，名叫"吉贝"。江苏松江东面五十里，有个小镇叫乌泥泾，那一带土地贫瘠，百姓生活不能自给自足，大家想种些别的东西，用来弥补生活的不足。于是有人从福建、广东弄来一些棉种，试着在乌泥泾播种。开始时还没有踏车、椎弓一类弹花的工具，都是用手将棉籽剥去，用弦线和竹弓等简单工具，放在桌子上，用手拨弦弹松棉花，制成成品，所花的劳动力很大。

　　元朝初年，有个老妇人叫黄道婆。她本是江苏松江人，年轻时流落到海南岛，在那儿生活了几十年，跟黎族人民学会了弹花、纺织等技术。她回到故乡后，就教乌泥泾一带的百姓制造轧棉籽用的铁杖和弹花、纺纱、织布用的工具。至于纱线的交叉配合，纱线的编织提花，各有各的方法。凡是经过黄道婆指导而织成的被、褥、彩带、手巾，新颖诱人。那上面有的织

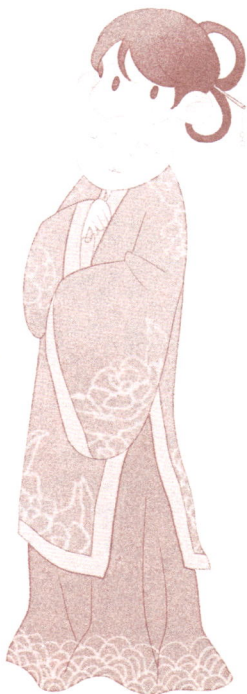

着一枝枝花朵，有的织着双双飞舞的凤凰，有的织着格子，有的织着字样。总之，所有图案，清清楚楚，像画出来的一样。很多人学会了这种技艺，纷纷纺织各种花布贩卖到他乡，不久，家家户户都富裕起来了。

从元朝起，经过明清两朝，松江的纺织技术越来越高，松江土布闻名中外。首先传经纺织的黄道婆，后人为她修墓建碑，世世代代纪念她。

一个普通的农家女子，对社会作出了如此巨大的贡献，历史不会遗忘她！

40

长孙皇后的临终告诫

　　唐太宗贞观八年，长孙皇后得了重病，太子李承乾进宫侍奉，私下对皇后说："药物全用过了，您的病情仍未见好转，请报告皇上释放囚犯，并使人出家为僧，希望能得到上天降福保佑。"皇后说："生死是命中注定的，不是人力所能改变的。如果行善修福可以延长寿命，那么我生平没有做过坏事；如果做善事仍不能延长寿命，那又有什么福可求呢？释放囚犯是国家大事，使人出家为僧，则是保存异域的宗教教义，这样做不仅败坏朝政，而且又是皇上不喜欢做的，怎能因为我一个妇人而乱了国家的法典呢？"

　　李承乾不敢上奏，就把这件事告诉左仆射房玄龄，房玄龄禀告唐太宗，太宗和侍臣无不叹息。朝廷众臣都请求大赦天下，太宗同意了。皇后听到后极力争辩，太宗才放弃这一决定。

　　长孙皇后病危，与太宗诀别。当时房玄龄因有过

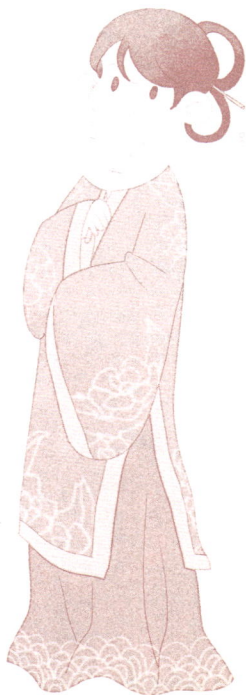

错被免职回家，皇后坚持说："房玄龄追随陛下的时间最长，平日小心谨慎，陛下的奇谋秘计，玄龄都参与谋划，从不曾泄漏一句。如果没有重大的缘故，希望陛下不要罢免他。另外我同宗族的人因为姻亲的缘故有幸做了官，他们既然不是凭德行被选拔的，就容易遭受危险。如果要长久平安，千万不要让他们担任要职，只要以外戚身份按时入朝请安，就很荣幸了。我活着时对国家没有什么贡献，死了就不要多费钱财。我死后只求皇上将我靠山埋葬了，不必修建坟墓，不必用多层的棺木，陪葬所需要的器物，全用木头和陶瓦制作，节俭薄殓为我送终，就是陛下不忘我了。"

唐太宗贞观十年六月己卯，长孙皇后在立政殿病逝，享年三十六岁。

长孙皇后的临终嘱咐，高瞻远瞩，前无古人！

杜太后遗嘱

　　宋代开国皇帝赵匡胤（yìn）本是五代十国时后周的禁军统领。后周皇帝柴荣死后，他的年幼的儿子继承了皇位。大臣不服，朝廷动荡。公元960年，北方的辽人乘机侵犯中原。赵匡胤率军北上抗击，大军刚离京城开封走到陈桥驿时，将士们把黄袍披在他身上，拥戴他做皇帝。世称宋太祖。

　　于是太祖勒兵回京城。有人骑着快马先赶回开封报告赵匡胤的母亲杜氏说："您儿子做皇帝啦！"

　　杜氏平静地说："他从小就有大志，今天果然实现了。"

　　赵匡胤登基后，尊他的母亲为皇太后。一天，朝臣都来向她祝贺，杜太后却神情严肃、面无笑容。周围的人觉得奇怪，有人说："我们听说过，做母亲的因为儿子有地位而显得高贵。如今您老人家的儿子做了皇帝，怎么不显得高兴？"

"你们只想到一面，没想到另一面。"杜太后说，"古人说过：做皇帝难。皇帝的地位在亿万百姓之上，如果国家治理得好，当然受人敬仰；如果治理得不好，一旦群起而攻之，到那时想要做一个普通的百姓也办不到啦！这就是我担忧的原因。"

　　太祖立刻跪下来说："母亲的话我一定牢牢记住。"建隆二年，太后病倒了，太祖服侍老人家吃药治病，不离左右。不久，病加重了，太后自知在世不长了，便叫宰相赵普进入卧室，听受遗嘱。太后气喘吁吁地问太祖："是什么原因使你做了皇帝？"太祖见母亲将要离开人间，只知道呜呜咽咽地哭，一句话也说不出来。

　　太后一再追问，太祖回答说："这全是靠了祖宗和太后的福。"

　　"不对。"太后严肃地说，"这是因为周世宗（后周的皇帝柴荣）传位给一个小孩子做皇帝的缘故。如果让年长一点的人即位，皇帝怎么会轮得到你做呢？古往今来，因为即位的皇帝年纪太小而亡了国的，不计其数。你去世后，应该把帝位传给弟弟匡义。天下是那样的大，要处理的事情多得无穷，一个小孩子怎么管得了？要是让年龄大一点的人即位，这是国家的福气啊！"

　　太祖叩头，哭着说："遵命。"太后侧过身来对旁边的赵普说："你把我的话记下来，千万不要违背。"

赵普在太后病榻前当场将太后的遗嘱和太祖的话写了下来，在纸的末尾写上"臣普书"三字。以后便把太后的遗嘱藏在铁箱子里，给宫中机要人员保管。宋太祖赵匡胤死后，他的弟弟赵匡义做了皇帝，世称宋太宗。由于赵氏兄弟两人的奋斗，宋王朝得以巩固下来。

　　杜太后遗嘱，真知灼见！

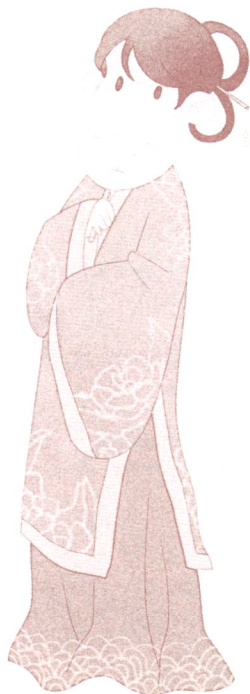

42.

长安女子走绳索

唐玄宗开元二十四年八月初五，皇帝在长安宫楼前设置绳技，由女子表演，犹如今天的走钢丝。

演员先拿出一条长绳，两头系在辘轳的柱子上。辘轳将柱子升高，并把绳子拉直绷紧。然后女演员从绳子的一头踩着上去。

她们轻快地在绳子上来来往往，远远望去仿佛天上的仙女。有时在绳索上中途相遇，便侧身而过；有的穿着木屐行走，可以不慌不忙地弯腰或后仰；有的用画着图案的竹竿扎住小腿，高五六尺，犹如在钢丝上走高跷；有的三四个人在绳索上踩着别人肩膀、踏着别人的头顶"叠罗汉"，随后翻身落在绳索上，竟没失足的。她们的表演都与鼓声节奏密切配合，真是难得一见！

灵巧＋智慧＋勤练＝长安女子绳技表演！

43.

何晏争自由

　　何晏七岁时，聪明得如神童一般。曹操特别喜欢他，因为何晏生活在皇宫里，曹操想把他作为养子。有一天，何晏在地上画了个方块，自己站在其中。有人问他这是干什么，何晏说："这是姓何人家的住屋。"曹操听说这件事后，领会到何晏不想长期待在宫中，因为在方块中站一个人，岂不是"囚"字吗？于是随即派人把何晏送还父母处。

　　一个画地暗示，一个心领神会，两个都是聪明人！

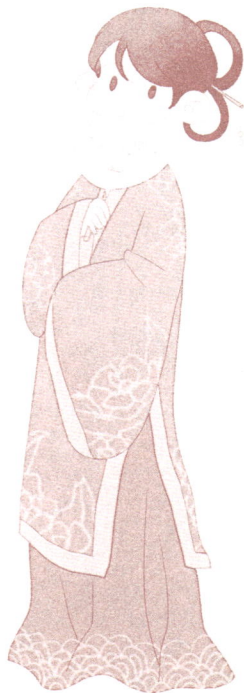

少年棋圣范西屏

44.

——

清朝有个下围棋的国手叫范西屏，是浙江海宁人。

西屏三岁时，看到父亲跟人下棋，总是咿咿呀呀地指画着棋盘。他十六岁时就以第一高手名满天下。

在雍正、乾隆年间，天下太平，官僚们公事之余会拿出一笔钱财，邀请棋界高手角斗。范西屏也常参加比赛，他把比赛作为娱乐。国内只有施定庵一人勉强可以跟他匹敌。然而每当较量，施定庵总是眉头紧蹙，沉默深思，有时到太阳落山还没下一子。而西屏则嬉闹玩笑，唱歌呼叫，甚至应了一步棋，就打着呼噜睡着了。

曾经看西屏跟人对弈，全局处于被动，旁观的人纷纷议论，认为没救了。一会儿，只见他打了一劫，全盘棋都活了。啊，西屏在围棋界，可算是棋圣了！

少年棋圣，天才加勤奋！

黄琬答太后问

东汉的黄琬，小时候就很聪明，能说会道。他的祖父黄琼，早年任魏郡太守。汉桓帝建和元年（公元147年），正月里出现日食。京城洛阳不见日食，黄琼就把他在当地看到的情况报告皇上。皇太后发诏书询问太阳被侵蚀多少。黄琼思考如何回答，但又说不清。当时黄琬七岁，正在祖父身旁，说："为什么不说日食后太阳余下来的，像初升的一轮弯月？"黄琼大为惊讶，没想到孙子会说出这样的话，于是立刻按黄琬的说法回应太后的询问，从此特别喜爱黄琬。

用个人人皆知的比喻就说清楚了！

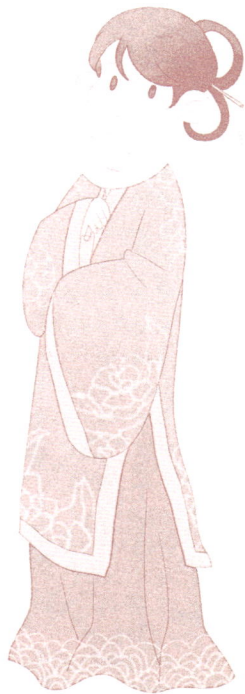

46.

——

原谷十五岁谏父

　　原谷的祖父年纪老了，儿子媳妇讨厌他，想抛弃他。当时原谷十五岁，规劝父亲说："祖父生儿育女，一辈子勤俭，怎么能嫌他老而抛弃他呢？这是违背道义的。"父亲不听从原谷的话，制作了一辆手推小车，把老人连同小车一块儿丢弃在荒山野地。当时原谷跟着前往，他收拾起小车准备回家。父亲见了，惊讶地问："你为什么要回收这不吉利的小车。"原谷说："往后我父母老了，就不需要再制作小车了！"父亲听了十分羞愧，对自己的行为感到懊悔，便再载着老人回家并赡养他。

　　如此"规劝"，恐怕成人也想不到！

王羲之学书

东晋的王羲之是著名的书法家。他的书法飘逸秀丽为后人所推崇。

羲之七岁时就写得一手好字，十二岁时在他父亲枕头里发现了前代人写的《笔说》，偷偷地拿来阅读。

父亲说："你怎么可以偷看我的藏书？"羲之笑笑，不回答。母亲在一旁打圆场说："你是在看运笔的方法吧？"

父亲觉得羲之年纪还小，恐怕不适宜阅读，所以藏着。他对羲之说："等待你长大后，我教你。"羲之叩拜后说："我希望现在就学习它。假使等到长大再读，恐怕会阻碍我聪明才智的发展。"

父亲听了很高兴，就给他阅读。不满一个月，羲之的书法便大有长进。

主观努力是成功的关键！

王冕僧寺夜读

元末明初的王冕（miǎn），浙江诸暨人。他七八岁时，父亲叫他去田埂上牧牛，路过私塾时，悄悄地进去听学生们背书，听了几遍，就能默默地记住。傍晚回家，竟把牛丢了。父亲很生气，打了他。后来，还是这样。

母亲说："孩子对读书如此痴迷，为什么不听从他喜欢的呢？"

王冕于是离家，在寺庙旁住下来。白天干活，晚上悄悄出门，坐在大佛像的膝盖上，拿着书本，在长明的油灯下读书，书声琅琅，直到天亮。佛像大多是用泥塑的，狰狞可怕，王冕虽然是小孩子，然而他内心安然，仿佛什么也没看见。

浙江会稽郡的韩性听说这事后，认为王冕这孩子与众不同，就把他收为学生，最终王冕成了博学的文人。

创造条件刻苦自学！

49.

文彦博注水取球

　　北宋的文彦博，在宋仁宗时曾任宰相。

　　他小时候，跟一群小孩子玩击球的游戏。不料球掉进了柱头旁的洞穴中。大伙儿眼睁睁地看着没法取出。这时文彦博端来一盆水，把它注入洞穴，球浮上来了，轻易地被取出。

　　大家都说彦博聪明！

　　谁说"小时了了，大未必佳"！

50.

徐孺子论眼中瞳子

　　徐孺子是东汉的著名人士。他九岁时，有一天在月光下游戏。有人对他说："假如月亮中没有什么东西，应当会更加明亮吧？"徐孺子说："不对。好比人眼中有瞳仁，要是没它，一定什么也看不见。"

　　这是九岁孩子打的比方，虽并不确当，但也巧妙！

51.

夏侯荣七岁能作文

　　三国时魏国有个叫夏侯荣的，从小天资聪颖，七岁就能写诗作文，每天读书千字，过目不忘。

　　魏文帝曹丕听说后，请他来见面。当时宾客有一百多位，每人都取出一张名帖，上面写着各自的籍贯姓名，给夏侯荣看一眼，然后让他跟所有的宾客交谈，结果没一个搞错的。

　　曹丕深感这孩子与众不同。

　　记性好是聪明的前提！

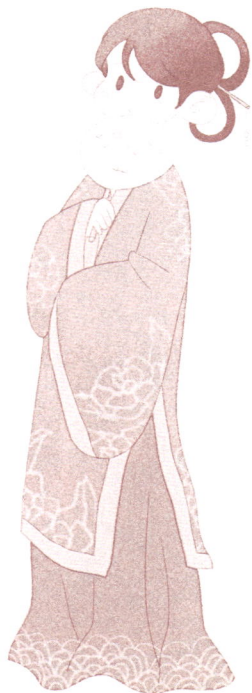

52. 牧童指瑕

四川境内有个杜先生，酷爱书画。他所珍藏的名字名画有数百幅。其中对唐朝画家戴嵩的一轴《斗牛图》尤其钟爱，用织锦的套子装好，用玉做卷轴，经常随身携带。

有一天骄阳高照，他把画拿出来晒晒。有个牧童看到了这幅画，拍手大笑说："这上面画的是斗牛。牛争斗时力量全在角上，尾巴夹在两腿之间。如今却是摆动尾巴在斗，错啦！"杜先生笑了，认为牧童说得有理。古语说："耕田要请问奴仆，织布要请教婢女。"这是不可改变的。

经验是智慧的基石！

53.

贾逵十岁默背《六经》

贾逵是东汉著名的学者，五岁时就聪明过人。

他的姊姊听到邻居中有人在读书，便早晚抱着他隔着篱笆听人读书。贾逵静静地听着，不言不语，姊姊很高兴。

到十岁，他竟然能默背《六经》。姊姊问他："我们家贫困，也从未有教师进门，你怎么知道世上有这些经典而且背得一句不漏？"贾逵说："早年你抱着我隔着篱笆，听邻居读书，我全记住了，所以万不漏一。"

他剥下院子里桑树的皮作为纸张，有时把字写在门上屏风上，边朗读边记住，一年后对儒家经典都精通了。

虽然天资好，但还需勤诵勤记！

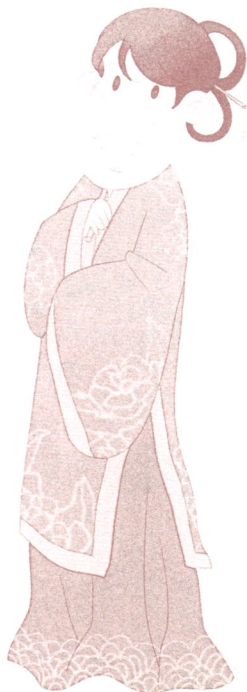

54. 鲍子知「生存竞争」

齐国有个姓田的贵族出远门前设宴祭祀路神，参加宴会的门下食客有千人。有人送来鱼，有人送来雁。姓田的见后，便感慨地说："老天爷对百姓恩重啊！繁殖五谷，降生鱼鸟，让生民作为食用。"很多食客附和他的言论。

有个姓鲍的人家的孩子，十二岁，也在座。他开口说："不像你所说的！世上万物跟我们一样出生，是同类生物。同类的生物不分贵与贱，仅仅因为智慧与能力有高低有大小的区别罢了，互相吃食，不是因对方而降生的。人获取可吃的便吃，难道是老天故意降生那些食物让人吃的？再说，蚊蚋叮咬皮肤吸人的血，虎狼要吃肉，也不是老天爷故意为了蚊蚋而让人降生、为了虎狼有肉吃而降生其他动物！"

众人听了有的点头称道，有的哑口无言。

二千年前的少年竟有如此见识，远胜过达尔文！

岳柱八岁指画疵

　　元朝的岳柱，字止所，八岁时看到画师何澄画的《陶母剪发图》，图意为晋朝大政治家陶侃早年家贫，孀母靠纺织供其读书、交游。有一次朋友来访，陶母无力招待，便剪下一绺长发去换酒。岳柱指着陶母腕上的金手镯，反问道："金镯子可以换酒，何必要剪头发呢？"

　　何澄听说后十分惊异。由此可以悟出作画的道理了。

　　岳柱合理的推理，点破了图画中的疵点！

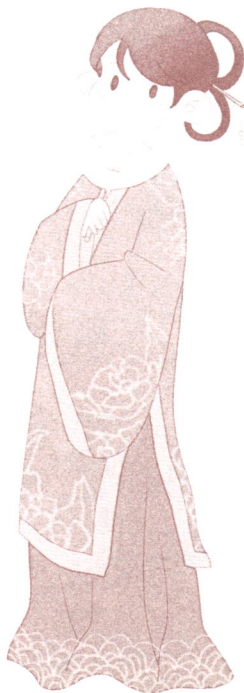

56.

孟敏不视破甑

东汉的孟敏是巨鹿人，客居太原。

一次，他扛着的瓦罐失手掉在地上摔破了，便看都不看就走了。有个叫郭泰的看到了，问他什么意思。孟敏回答说："瓦罐已经破了，再看它有什么用？"

郭泰觉得这孩子与众不同，因此鼓励他的家人让他外出游学。十年后果然成名，朝廷三公都征召他去做官，但他都没去。

抛弃悔恨，轻装上路！

57.

王戒识李

　　晋朝的王戒，七岁时有一次跟一群小朋友一同游玩。他们看到路边李树上结了很多果子，几乎要把枝条压折了。小朋友们争着奔过去摘李子，只有王戒站着不动。

　　有人问王戒，为什么不去摘。王戒回答说："李树在路边而结了很多果子，这一定是苦李。"

　　后来，有人摘下来尝一口，果然是苦李。

　　小小年纪，竟能逻辑推理！

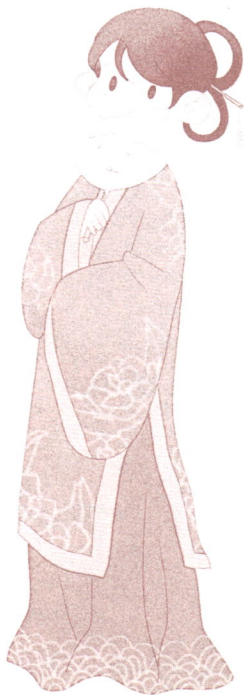

神童晏殊见天子

58.

——

宋朝的晏殊字同叔，江西临川人，曾任宰相。

他七岁就能写文章。宋真宗景德年间，张知白巡视江南，发现了这个少年天才，便以"神童"的身份把他推荐给朝廷。宋真宗召见晏殊，让他和一千多个进士一起在朝廷中考试。晏殊神色不变，毫不害怕，拿起笔来，一会儿就写成了。宋真宗看了他的文章，很欣赏，赐给他"同进士出身"的科举身份。

两天后，又考诗、赋、论。晏殊见试题后报告皇帝："我曾经私下练习过这赋的题目，请给我出另一道题目。"宋真宗喜爱他诚实不欺骗。

晏殊写成后，宋真宗一再说写得好！

聪明又诚实的孩子，真是好上加好！

曹冲救库吏

曹操的马鞍存放在兵器库里，被老鼠咬坏了。管兵器库的小官吏十分恐惧，以为必死无疑，打算自首，但还是怕免不了惩罚。曹操的儿子曹冲得知这件事后对库吏说："再等三天，然后自首。"曹冲于是用刀戳破了自己的单衣，像被老鼠咬坏的样子，谎称心里有不愉快的事，脸上显出忧愁的神色。曹操问他，曹冲回答说："世上一般人都认为老鼠咬破衣服，它的主人就不吉利。如今我的单衣被老鼠咬破了，因此心里悲伤。"曹操说："这是胡说八道罢了，不必忧虑！"一会儿库吏把马鞍被老鼠咬坏的事报告给曹操。曹操笑着说："我儿子的衣服放在身旁，尚且被老鼠咬坏，何况马鞍悬挂在库房的柱头上呢！"丝毫不加追究。库吏终于逃过一劫。

一个善意的谎言，救了库吏一命！

60.

孔融十岁讥陈韪

孔融十岁的时候，跟着父亲来到京城洛阳。

洛阳有个司隶校尉姓李名膺（yīng），此人在东汉末年声望很高，因为他做过郡太守，一般人尊称他为李府君。当时能够入门拜访的，都是一时之俊才名士或李膺的本家亲戚，才能通报接见。其他人一概不接待。

孔融是孔子二十代子孙。一天，他独自来到李膺家。守门的门吏问："你是谁？""我是李府君的亲戚，特来拜访他。"孔融沉着地说。

守门的把孔融打量一番，显出将信将疑的神色，但又不敢拒绝，万一真是的，岂不要闯下大祸，于是便进去通报了。

门吏已经通报上去，孔融上前坐下来。李膺见进来的是小孩，好生奇怪，忍不住问："您跟我是什么亲戚关系？"

孔融说："我是孔仲尼的子孙，您是李伯阳（即李耳，俗称老子）的后世，从前李伯阳跟孔仲尼有亲密的师友关系，所以我跟您也算得上是世交。"

"噢！"李膺仿佛若有所悟似的发出了一声感叹。据历史记载，孔子曾向老子请教过周朝的礼仪制度。他觉得这小孩很聪明，在座的客人也无不用惊喜的眼光看待孔融。

一会儿，太中大夫陈韪（wěi）进来了，有人把刚才发生的事告诉了他。陈韪撇撇嘴显出不以为然的样子说："别看他小时候很聪明，长大了不一定有出息。"

孔融立刻针锋相对地讽刺他一句："这样说来，您先生小时候一定很聪明的啰。""……"陈韪一时无言可答，讪讪地左顾右盼，局促不安。

陈韪原想贬低孔融，因此说小时候聪明的长大了未必有出息。孔融抓住陈韪的论点，反过来挖苦陈韪，意思是说陈韪因为小时候太聪明了，所以现在这样愚蠢。

能进入李膺府上已不寻常，反讥陈韪更显了不得！

79

庄有恭与镇粤将军对对子

广东的庄有恭，曾任刑部尚书，他年幼时有神童的美誉。他的家紧靠镇粤将军的官署。有一天，庄有恭放的风筝落在将军官署的内宅里。他便径直进入官署，门卫因为他年幼而忽略了，没阻止他。这时将军正在跟朋友下象棋，见这小孩神态与气质非同一般，立刻问道：

"小孩子从什么地方来？"庄有恭以实话回答。将军又问："你读过书吗？曾对过对子吗？"庄有恭说："对对子，小事一桩，有什么难的？"将军问："能对几个字？"庄有恭说："一个字能对，一百个字也能对。"

将军认为他说得有点夸张，便指着厅堂里挂的一幅画让他对对子。将军说上联："旧画一堂，龙不吟，虎不啸，花不闻香鸟不叫，见此小子可笑可笑。"龙、虎及花诸物，都是画面上的东西。庄有恭灵机一动说："就拿你们这局棋来对。"接着说，"残棋半局，车无轮，马无鞍，炮无烟火卒无粮，喝声将军提防提防！"

在座的人大为惊讶，没想到这小孩竟如此聪颖。

思维敏捷，应对如流！

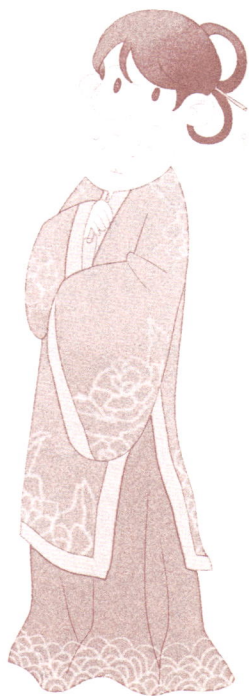

62.

王泰让枣

王泰是南朝梁代人，官至吏部尚书，主管官吏的选拔、考核等。

王泰小时候，有一次祖母召集孙子与外孙，把一小篮枣子撒在床上。孙子们争着去抢夺枣子，只有王泰站在那儿一动也不动。

有人问王泰，为什么不去争夺枣子？

王泰说："争夺是不合道义的，应该由祖母分给大家。"

从此家族中的人都认为他与众不同。

从小懂规矩，大必成才！

卢思道发奋求学

　　卢思道表字子行，十六岁时遇到刘松。刘松正给人写碑文，他把写的碑文给思道看。思道读后，很多地方不懂，于是感慨激奋，闭门读书，拜河南郡邢子才为师。

　　后来卢思道也写碑文，把它给刘松看，刘松竟然也有很多地方读不懂。思道于是感叹地说："学习有好处，难道是一句空话吗？"

　　刘思道又向当时的学者魏收借阅常人难见的好书，短短几年，他在才智与学识两方面明显提高。

　　有了自知之明，便会奋发上进！

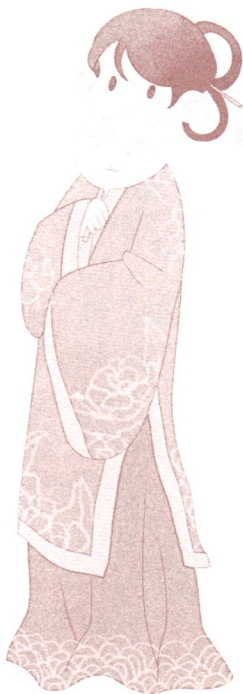

64. 王勃写《滕王阁序》

王勃写《滕王阁序》时，只有十四岁。

有一年王勃路过江西南昌的滕王阁，当时洪州的都督姓阎，别人向他介绍王勃虽少年却有文才，他不相信。阎都督召来一批文人，请他们围绕滕王阁赋诗，王勃也在邀请之中。其实阎都督事前已叫女婿孟某写好一篇，想在众人面前露一手。等到侍从拿出纸笔，轮番地请宾客当场赋诗作文时，王勃竟不推让，提笔开始酝酿。

阎都督见此情形，不禁怒形于色，袖子一甩站起来走了，专门派人站在王勃身边，看他如何落笔。

第一次报告说，王勃写了"南昌故郡，洪都新府"。阎都督说："也是老生常谈！"

接着又报告说，王勃写了"星分翼轸（zhěn），地接衡庐"。阎都督听了，咀嚼品味，不言不语。

一会儿又传来，说王勃写了"落霞与孤鹜齐飞，秋水共长天一色"。这下阎都督显得极为惊讶，立刻站起来，说："这真是天才，定会流传后世，成为不朽名句！"

于是马上请王勃进入宴会厅，极为欢乐地直到终场。

十四岁少年留下千古名篇，奇哉！

65. 曹冲称象

曹冲是曹操的儿子。六岁那年，东吴的孙权派人给曹操送去一头大象。象生活在南方，北方人很少见到它，因此吸引了很多文武官员，就连曹操也觉得新鲜有趣，前往观看。象长得鼓鼓囊囊，四条腿仿佛四根大柱子。曹操突然想到，那庞然大物究竟有多重呢？于是问大家：

"诸位文武官员，这象到底有多重，称得出来吗？"

众人顿时收敛笑容、闭口不言，他们想：哪有这么大的秤能称象？即使有这样的秤，可谁提得起来呢？

曹操扫视群臣，突然瞥见小儿子曹冲仿佛张口想说话的样子。曹操说："你有办法？"

"有。"曹冲说，"把大象牵上大船，在水所淹到的地方刻一个记号，然后将土石装在船上，让船沉到早先刻记号的地方，这样只要称一称土石的重量，就可以知道大象的重量了。"

"好办法。"曹操高兴地说。

随即就按曹冲的办法称象，果然知道了象的重量。

从另一个角度想办法，问题就解决了！

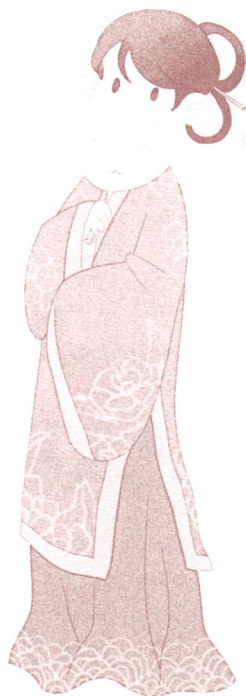

曹冲称象

87

牧童逮小狼

66.

———

　　两个牧童进山，发现了一个狼窝，窝里有两只小狼，于是打算分别捉回家。他们各自抓了一只小狼后爬上两棵树，两树相距数十步。不久，老狼回来了，一看窝里的小狼不见了，心里很惊慌。一个牧童在树上扭小狼的脚与耳朵，故意让它痛得直叫。老狼听到狼崽嚎叫，便抬头张望，怒气冲冲地奔到树下，一边号叫一边抓爬。这时，躲在另一棵树上的牧童也扭着小狼让它直叫，老狼闻声，又急忙奔向另一棵树，边号叫边抓爬，跟早先一样。两个牧童不停地让老狼奔到这边、奔到那边，老狼嘴里不停地嚎叫，脚下不停地奔跑，如此来来往往数十次，终于脚步迟缓了，叫声微弱了，不久气息奄奄地倒在地上动弹不得。

　　两个牧童爬下树察看，证实老狼已死，便抱着狼崽回家。

　　后人的游击战也许从两牧童身上获得了启发！

王粲默记复围棋

汉末著名诗人王粲曾经跟人一起出行。半路上见道边一块石碑上有碑文，默默读了一遍。朋友说："你能背出来吗？"王粲："能。"于是朋友让他转过身来默背，竟然一字不差。

有一次他看人下围棋，不料棋局被人弄乱了，下棋的人争执起来。王粲说："别争，我给你们把局势复原。"果然一子不差。下棋的人有点不相信，把头帕盖住棋局，让他用另一副棋子摆出，两相比较，结果一道子也不错。

聪明人往往靠的是记忆力强！

甘罗十二为上卿

　　秦国的甘罗，一个十二岁的少年，居然一举成名，被秦王封为上卿，这在古今中外的政治史上是罕见的。

　　甘罗的祖父是甘茂。甘茂是个政治家，曾在秦国担任过丞相的职务。因此甘罗从小有机会接触政治，与上层人物交往。甘茂死后，甘罗十二岁那年，在国相吕不韦门下做事。当时，秦国的实力在东方六国之上，秦王（即后来的秦始皇）曾派蔡泽到燕国去进行外交活动，燕国慑于秦国的威力，三年之后，燕王把太子丹送到秦国，作为人质，表示对秦国的信任。秦王进一步准备派张唐到燕国去做国相，想跟燕国联合起来攻打赵国，扩展河间的地方。

　　这件事使张唐感到十分为难，他思考再三，硬着头皮对国相吕不韦说："我曾经替秦昭王攻打过赵国，赵国君臣上下至今还怨恨我，他们说：'谁如果抓住张唐，就赏赐给他一百里土地。'如今派我到燕国去，路途上一定要经过赵国，怎么通得过呢？看来我是不能去的。"

吕不韦多方劝说，始终没有效果，因为无论如何总不能强迫他走。为这件事，吕不韦很不愉快。甘罗了解到这情况后，佯作不知。有一天他问吕不韦："国相这几天似乎很不愉快，有什么事吗？"

吕不韦没想到小甘罗还挺关心他的，便坦率地说："我曾经叫蔡泽到燕国去办外交，三年后获得成功，燕太子丹已作为人质送到咱秦国。如今再想派张唐到燕国去做国相，联合燕国攻打赵国。可是张唐一再推辞，不肯前往。君王催得很紧，我总不能强迫他出发吧。"

"让我来说服他走。"甘罗自告奋勇地说。吕不韦吃惊地说："我亲自请求他尚且不肯走，你这小孩子有什么办法叫他走？"甘罗不服气地说："您没听说过项橐（tuó）七岁的时候就做了孔子的老师，我今年十二岁啦，您让我试试看吧！何必马上批评我呢？"吕不韦见甘罗态度诚恳，说话伶俐，似乎很有把握的样子，再说自己已想尽办法，无路可走，因此点点头，答应让甘罗试一试。

于是甘罗立刻去见张唐。甘罗说："您的功劳跟武安君比，哪个大？"甘罗说的武安君是指秦昭王时的名将白起，他曾击败过韩国、魏国、赵国、楚国，为

秦国夺得了大片土地，封为武安君。

张唐说："武安君南败强楚，北面威胁燕、赵，战必胜，攻必取，获得的城池不计其数。我的功劳怎么可以跟他相比呢？"甘罗再设一个比较问张唐："秦昭王时的国相应侯（范雎）跟我们现在的国相文信侯（吕不韦）比，哪一个更受到国王的信任而有权呢？"

张唐立刻说："应侯不如文信侯。""您真的知道应侯不如文信侯有权吗？"甘罗故意追问一句。"真的，这是我的心里话。"张唐说。"既然您知道您的功劳不如白起，又知道现在国相的权力大大超过早年的应侯，那么我明白地告诉您，您很危险了。"甘罗说到这里，顿了顿，他看了看张唐，只见张唐脸色尴尬，神态不安，于是接着说，"当年应侯想攻打赵国，而白起不赞成，结果白起被逼死。这历史事实您一定是知道得很清楚的。如今国相文信侯亲自请您到燕国去，而您却不肯去，我不知道您将死在什么地方了。"

甘罗的一席话，说得张唐毛骨悚然，冷汗涔涔。

张唐立刻说："那我听你的，马上就动身！"

张唐已决定出发，吕不韦转忧为喜，打心底里佩服甘罗。甘罗对吕不韦说："请您借给我五辆马车，让我先到赵国去给张唐疏通一下。"吕不韦进王宫，把这件事报告给秦王，说："甘罗虽然是个少年，但他是名门子孙，诸侯各国都听到过他的名字。大王派张唐到燕国去，张唐一再推辞，最后还是甘罗说服了他。现在甘罗愿意先去一次赵国，给张唐疏通一下，希望大王答应他的请求。"

秦王召见甘罗，问了一些情况，甘罗对答如流。秦王便放心地让他到赵国去了。

赵王得知秦国派甘罗来了，便郑重其事地出城迎接。

甘罗问赵王："燕太子丹到秦国去做人质的事您听说了吗？"

"听说了。"赵王说。

"张唐要到燕国去做国相的事听说了吗？"

"也听说了。"赵王说。

甘罗说："燕王把太子送到秦国去做人质，这表明燕国信任秦国；秦国派张唐到燕国去做国相，这表明秦国信任燕国。秦国和燕国互相信任，联合起来攻打您赵国，赵国可危险了。"

赵王仔细一想，不禁一阵寒颤。

"不过，事情还可补救。"甘罗说，"秦燕合作，没其他特殊要求，只不过想扩大一些河间的地方。您大王不如送给我河间附近的五座城池，我便可以说服秦王把燕太子送回去，疏远秦燕之间的关系，然后联合你们赵国去攻打燕国。"

赵王一想，觉得甘罗的主意不错。一则给秦国

的土地可以从燕国补偿；二则秦燕疏远可使赵国安定，于是马上把五座城割给秦国。秦国送回燕太子。赵国果然发兵攻打燕国，占领了上谷地方的三十座城池。

甘罗完成使命，回到秦国。秦王赞赏他的聪明才智，封他为上卿，将早先甘茂的封地和住宅赐给甘罗。

少年上卿甘罗，从此名传四海。

甘罗，中国古代最年轻的高官！

69.

朱古民诱汤生出户

　　朱古民善于开玩笑。冬季的一天，他来到姓汤的年轻人的书房。姓汤的说："你一向多智多谋，假如现在我坐在书房里，你能诱骗我到门外去吗？"朱古民说："大门外吹西北风很冷，你一定不肯出去，如果你先站在大门外，我就可以用室内暖和来引诱你进门，你一定会相信。"姓汤的相信他的话，便走出书房站在大门外，对朱说："你怎么引诱我进室内呢？"朱拍手笑着说："我已经引诱你出门了！"

　　朱古民果然"多智术"！

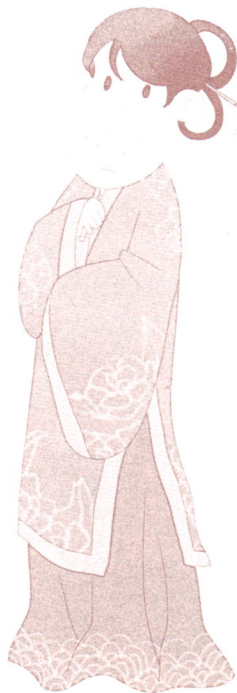

95

诸葛恪得驴

　　诸葛恪（kè）是诸葛瑾的大儿子，他的叔父就是大名鼎鼎的蜀国丞相诸葛亮。诸葛恪从小聪明伶俐，二十岁不到就被任命为骑都尉。

　　诸葛恪的父亲诸葛瑾，面孔生得狭长，像驴子脸。有一回，孙权大会群臣，叫人将一头驴子牵进大堂，驴脸上挂了一条长长的标签，标签上写着"诸葛子瑜"（诸葛瑾字子瑜）四个字。

　　很多人为诸葛恪捏着一把汗，也有的人瞟着诸葛恪，仿佛在说：聪明的诸葛恪，这下看你怎么办？

　　诸葛恪马上跪在孙权面前请求说："请给我一支笔，让我在标签上增加两个字。"

　　孙权同意他的要求，叫人给他一支笔。诸葛恪拿过笔在原有的四个字下面加上"之驴"两字，成了"诸葛子瑜之驴"。

大堂中顿时爆发出一阵阵欢笑。孙权不得不将驴子赐给了诸葛恪。

这叫顺手牵"驴"！

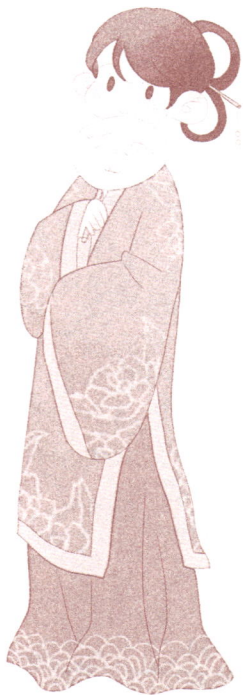

诸葛恪得驴

97

71.

沈质吟诗退盗

明朝太仓地方有个老书生叫沈质，家里十分贫困，靠收徒讲学为生。

一个冬天的夜晚，他冷得睡不着觉。有个小偷凿穿了墙壁入室盗窃。沈质听到了声音，随口念了一首打油诗："风寒月黑夜迢迢，辜负劳心此一遭。只有破书三四束，也堪将去教儿曹。"

小偷听了忍不住一笑，走了。

不用斥责，而用口占打油诗一首调侃，奇哉！

72. 诸葛恪调侃「白头翁」

　　曾经有只白头翁躲在吴国宫殿前。孙权说："这是什么鸟？"诸葛恪说："是白头翁。"此时老臣张昭也在坐，因为他年纪最大，且满头白发，怀疑诸葛恪是借此调侃他，于是说："诸葛恪在欺骗皇上！我从未听说过有鸟名'白头翁'的，请诸葛先生再找'白头母'。"诸葛恪说："鸟名'鹦母'，不一定成双，请让张昭老臣再找一只'鹦父'。"

　　张昭舌结不能回答，在座的人都哈哈大笑。

张昭自讨没趣！

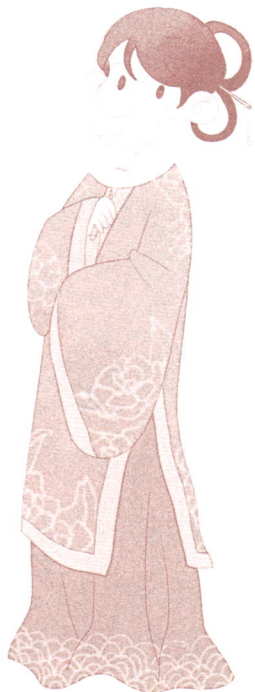

73.

许君治戏惩武秀才

江苏人推崇学文，练习武艺的比较少，然而科举中武科选拔不能缺少。每当轮到考试的年份，地方官员就搜罗人士充数，常常名额不足。于是无赖之徒投机参加考试，侥幸获得一个武秀才的名称。一旦中举后，便在乡里横行不法，不仅当地百姓感到痛苦，即使地方官员也为此头痛。

听说以前华亭县县令许君治审理一桩案件，不禁让人失笑。

一天，有个武秀才揪着一个乡下人到县衙门控告。许君治询问原因，原来是乡下人进城挑粪，不小心撞了武秀才，把他的衣服弄脏了。有人出面调解，让乡下人给他洗净并赔礼道歉。然而武秀才不同意，一定要痛打乡下人才结束。

许君治了解经过后，拍桌子大怒说："你小人真粗心，怎么可以弄脏秀才的衣服？按法律要重重地惩罚！"

乡下人惊慌害怕地请求可怜。许君治想了好久，说："姑且饶恕你。"随即要求武秀才坐在厅堂旁边，命令乡下人向武秀才叩头一百，作为谢罪。

乡下人叩头到七十多，许君治突然对武秀才说："我几乎忘记了，你是文秀才还是武秀才？"回答说："是武秀才。"许君治笑嘻嘻地说："我大错了。文秀才应叩头一百，武秀才只要一半就可以了！如今乡下人多叩了二十个头，你该还给他！"于是再叫乡下人在旁边坐下，而揪住武秀才叩还二十个头。武秀才不肯，许君治叫差役夹住他，按下他的头，叩还二十个头才放手。

武秀才大怒，走出厅堂，许君治拍手大笑。

当地看到的或听到这事的人，也无不感到痛快！

如此无赖，该惩！

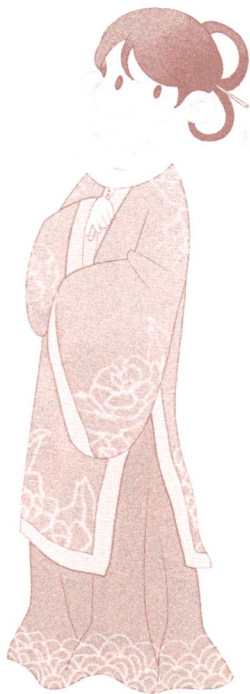

74.

唐伯虎写祝寿诗

　　明朝的唐伯虎，是个出名的滑稽才子。他对门住着一个富翁，富翁的老母亲适逢七十大寿，便恳请唐伯虎写一首祝寿诗。唐伯虎一口答应，提笔就写："对门老妇不是人。"富翁看了大吃一惊，这不是在骂人吗？硬着头皮再看唐伯虎写下一句："好似南山观世音。"这下稍微定心了，因为终南山上的观世音菩萨终年受善男信女膜拜。第三句是："两个儿子都是贼。"富翁大惊失色，这还了得，明明是富户善良之人，怎么一下子成了"贼"？

　　唐伯虎说："慢着，还有末句哩。"富翁瞪着眼提心吊胆地看着唐伯虎落笔，只见写道："偷得蟠桃献母亲。""嘘——"，富翁深深地透了一口气，原来兄弟俩不是"贼"，是去昆仑山上"偷"了西王母的吃了长生不老的仙桃，然后献给母亲，多么孝顺的儿子啊！

波澜起伏！

口鼻之争

　　唐朝诗人顾况曾任著作郎，因上司嫉妒他，打算离开官府。

　　临别时顾况说："我有一天梦见嘴巴与鼻子争高下。嘴巴说：'我谈论古今是与非，你怎么能处在我上面？'鼻子反驳说：'凡是饮食，除了我有谁能辨别香臭好坏？'眼睛不服气，对鼻子说：'我近的能看清毛发的末端，远的能看到天边，只有我应该排在最前！'眼睛又对眉毛说：'你有什么功劳，竟然处在我上面？'眉毛说：'我虽然没有什么用处，好比世上有宾客，对主人有什么好处？但没有他们就不成礼仪。要是脸上没有眉毛，那成什么面孔？'"

　　上司听后默不作声，领会到顾况在讥讽他，于是请顾况留下，像早先一样对待他。

　　一则杜撰的寓言竟触动了上司！

76.

李白骑驴过华阴县衙

　　李白被权贵排挤出京城长安后，漫游四方。有一天他想登华山，乘着酒兴骑着驴子路过华阴县衙门。按规定，小百姓经过县衙门要下车下马，表示对县官大人的敬重，可李白生性狂放，全不管这些。县官得知有人无礼，便大怒，命令差役把李白拉进公堂。县官问："你是什么人？"李白把经过写下，但不具姓名，说："你要问我什么人，我可以直言相告。我曾经用御用的手巾擦拭呕吐之物，皇上亲自调羹，贵妃捧着砚台待我写诗，高力士替我脱靴子。皇帝的宫门前尚且允许我跑马，难道在华阴县衙门前不能骑驴经过！"

　　县官一听又怕又羞愧，原来眼前的人是李白，于是叩头道歉："不知道李翰林到此。死罪！死罪！"李白大笑而去。

　　华阴县官有眼不识泰山！

真假稻草人

    有人在池塘里养了鱼，担忧鸟来吃小鱼，于是扎了个稻草人，并给它披上蓑衣，戴上竹笠，拿着竹竿，插在池塘里，用来吓唬鸟。开始时鸟在空中盘旋飞翔，不敢立即下来，经仔细观察后便飞下来啄鱼。时间长了，竟不时飞到稻草人的竹笠上歇息了，安然地毫不受惊害怕。养鱼人见了，悄悄地拿走稻草人，自己披着蓑衣、戴着竹笠站在池塘里。

    鸟依旧飞下来啄鱼。那人随手抓住它们的脚，鸟无法逃脱，用力扇动翅膀，发出"喳喳"的声音。那人说："早先是故意制作一个假人，如今难道也是假的吗？"

假作真时真亦假，真真假假难分辨！

105

边韶答弟子

78.

后汉的边韶，字孝先，以文章闻名于当时，门下学生数百人。

边韶口才极好，有一次白天打瞌睡，恰巧被几个学生看见，他们便悄悄地嘲讽道："边孝先，大腹便便；懒读书，只想睡眠。"

不料他们的话被边韶暗地里听到，他随即应答说："边为姓，孝是字；大腹便便，盛装五经；只想睡眠，全在思经；睡时跟周公做一样的梦，醒时与孔子想一样的事；师傅也可以嘲讽，出自什么典籍？"

几个嘲讽的学生大为羞愧。

掷出的砖头砸在自己身上！

施世纶「兽面人心」

施世纶曾任水道运输的总督，相貌异常丑陋，人们在背后称他为"缺不全"。他初任县官的时候去拜见上司，上司中有人见他这副相貌，竟捂着嘴暗笑。施世纶表情严肃地说："你认为我相貌丑陋吗？人面兽心，这才是真正可恶的人。像我，则是兽面人心，有什么妨害呢？"那些暗笑的人顿时哑口无言。

"人面兽心"与"兽面人心"，四字仅调换了位置，含义天壤之别。施公不仅褒扬了自己，而且斥责了嘲笑他的人！

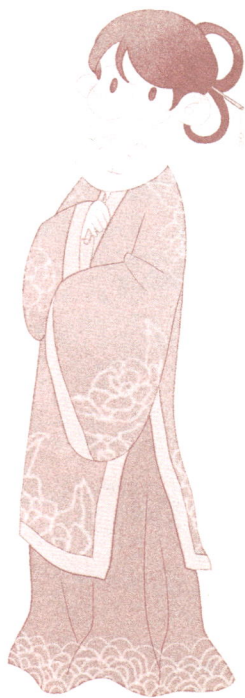

80.

唐伯虎作诗讥术士

　　有个术士拜见唐伯虎，竭力向他宣传烧炼金银的好处。唐伯虎说："这么好的技术，为什么不自己去烧炼，却要来赏给我呢？"术士说："只怨我福分太浅。我见过很多人，但没有人像你有仙风道骨。"

　　唐伯虎笑着说："那好，我们两人合作，我只出仙福。我在城北有两间空屋，很僻静。你到那儿去烧炼，烧炼出金银后，我们各人一半。"

　　那术士还不明白唐伯虎早就看穿了他的把戏，改天又登门求见，并拿出一把扇子请唐伯虎题诗。于是唐伯虎在扇子上写道："破衣衫中破布裙，逢人便说会烧银；如何不自烧些用？担水河头卖与人。"

　　此人遇到唐伯虎，活该受嘲讽！

钱穆甫为如皋令

　　宋人钱穆甫任如皋县县令，适逢有一年旱灾，引发蝗害，而泰兴县县令竟欺骗郡太守说："我县无蝗灾。"

　　不久，泰兴县蝗害大起，太守责问他。县令无辞以对，便说本县原无蝗虫，大概是从如皋县飞来的，于是发紧急公文要求如皋县加紧捕蝗，别让蝗虫侵犯邻县。

　　钱穆甫收到紧急公文，就在信的末尾回答说："蝗虫本是天灾，即非县令不才。既自敝邑飞去，却请贵县押来。"

　　对不负责任的泰兴县令只能如此！

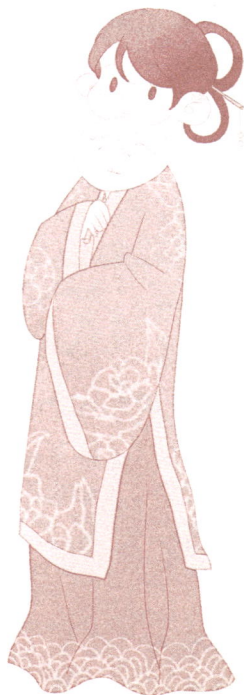

82.

温公娶妇

东晋的温峤（jiào）死了妻子。堂姑刘氏，家逢战乱，流离失散，只有一个女儿，既美丽又聪明，堂姑把女儿的婚事托付给温峤。温峤自己有娶堂姑女儿的心意，就回答说："好女婿难以找到，不过像我这样的可以吗？"堂姑说："兵马荒乱的年代，活下来已不容易，只要找个过得去的女婿共同生活就可以，这足以慰藉我的晚年。哪敢希望找到像你这样的人呢？"几天之后，温峤回复堂姑说："女婿已经找到了，门第还可以，女婿的名声和官职都不比我差。"并留下一个玉镜台作为聘礼，堂姑很高兴。等到结婚那天行交拜礼时，新娘用手揭开面纱，拍手大笑说："我本来就疑心是个老东西，果然如我所料！"玉镜台是温峤做刘琨的长史北征刘聪时得到的。温峤后来官至宰相。

自娶媳妇自做媒，皆大欢喜！

酒徒谢生

长洲地方有个姓谢的年轻人，酷爱饮酒，曾经上张幼于先生的门。张幼于好客，然而因家庭贫困无法使客人一醉而归。

一天，张幼于得到了美酒，便设宴请客，姓谢的也去了。仆人给来客都只斟半杯酒。姓谢的感到不满足，于是离开坐席出去小便。临走时用纸包了一块泥，悄悄招仆人交给他，并叮嘱说："我因为内脏有病，不能多饮，现在把这几文钱给你做劳务费，求你少给我斟酒。"

仆人打开纸包，原来是一块泥，十分怨恨，于是每次斟酒故意给他斟得满满的。姓谢的暗暗得意。这天只有他一个人获得了加倍的酒喝。

虽聪明，但近乎狡黠！

84. 陈五斥女巫

京城里有很多人相信巫婆。有个叫陈五的武人，讨厌他家人迷信巫婆，但没办法对付。

一天，陈五在嘴里含了一颗青李子，骗家里人说是疮肿很痛，不吃不喝在床上躺了一整天。他的妻子十分忧虑，就把巫婆招来。巫婆装神弄鬼，说陈五患的是疔疮，原因是陈五一向不尊重神灵，如今神灵不救他。家里人围着巫婆叩头求拜，诚恳地祈祷，巫婆答应请神灵救助。这时陈五假装不断地呻吟，对家里人说："一定要让神师进室内看看，救我一命！"巫婆进室内探视，陈五竟不慌不忙地从嘴里吐出一颗青李子，然后揪住巫婆，扇她的耳光，连推带骂将巫婆逐出门外。从此家里人不再迷信巫术了！

巫婆骗人，陈五骗巫婆，以毒攻毒！

85.

宁波成衣匠

裁缝师傅各地都有，然而浙江宁波最多。如今京城内外的裁缝师傅，都是宁波人。从前有人拿了丝织品，请裁缝师傅裁剪。师傅要逐一询问主人的性情、年龄、身材体貌，还要问哪一年考中科举，唯独不问尺寸。那人感到奇怪。裁缝师傅说："年纪轻轻而考中科举的，他性情傲慢，胸膛必定直挺，衣服要制得前长后短；年纪老了而考中科举，他不免心灰意懒，背脊定然是曲的，衣服要制得前短后长。胖的人，腰围大；瘦的人，身材狭窄；性格急躁的人，应穿短衣；性格缓慢的人，适合穿长袍。至于尺寸，那是有固定套数的，何必要问呢？"我认为这裁缝师傅，可以跟他谈谈裁剪的技巧了。

能人做事都有窍门！

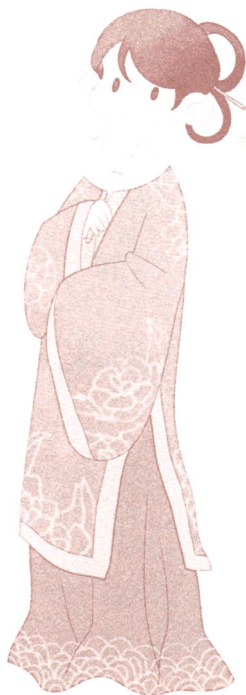

113

顾况戏白居易

86.

———

白居易开始参加科举考试时，名声还不响。他把写的诗歌给顾况看。顾况跟他开玩笑说："长安物价很贵，'居'住在这里很'不易'。"等读到《原上草》，其中说，"野火烧不尽，春风吹又生"。连忙改口说："有这样的好句子，'居'住在这里有什么'难'呢？我早先说的不过是跟你开玩笑罢了。"

用"居大不易"作调侃开头，又用"居亦何难"作自嘲结束！

阿丑装疯刺高官

明朝宪宗朱见深在位时，太监阿丑幽默诙谐，往往在皇帝面前作戏剧式的表演，用旁敲侧击、指桑骂槐的方法规劝皇上。

当时太监汪直掌权，势力压倒宫内外所有的人，连皇帝也几乎不在他眼里。有一次阿丑喝酒后装疯。有个人假装说："某官到！"阿丑醉醺醺地照样骂某官。那人又假装说："皇上到！"阿丑依旧骂皇上。那人接着说："汪太监到！"这下阿丑装作突然惊醒。旁边有人问："皇上驾到你不怕，而怕汪太监，什么道理？"阿丑回答说："我只知道世上有汪太监，不晓得世上有皇帝。"这话传到宪宗耳里，从此汪直渐渐被冷落。

朱永是皇亲国戚，封保国公，掌握六千人的工兵。有一年他私自营造大宅子。阿丑就扮作儒生读诗，乘机高声朗诵："六千兵散楚歌声"——这是说当年项羽

带领的六千子弟兵在四面楚歌中大败。旁边一个人说："不对，是八千人。"——项羽起兵时带着八千子弟渡过长江反秦。双方争论不休，阿丑说是六千，另一个说是八千。后来阿丑慢悠悠地说："你不知道吗？还有二千人在保国公家里盖房子哩！"于是宪宗秘密地派人去察看，果真如此。朱永被迫停工。

装疯卖傻，胡言乱语，却句句有理。这只有阿丑想得出！

西门豹禁为河伯娶妇

　　魏文侯执政时，西门豹任邺县县令。西门豹到了邺县，招集年老的长者，问他们百姓感到痛苦的是什么事情。

　　那些年长的人说："苦于为河伯（黄河之神）娶媳妇，因此当地贫困。"西门豹问其中原因。老人们说："邺县的三老、廷掾每年向百姓搜括钱财，说是要为河伯娶媳妇。共收钱财数百万，其中二三十万用在为河伯娶媳妇，其余的与巫婆、神祝一起分掉了。每年到时候，巫婆到处寻找贫苦家庭中美貌的姑娘，说这个姑娘正好做河伯的媳妇，接着就要聘娶。给那姑娘洗头沐浴，穿上丝绸的衣服，单独居住，并行斋戒仪式。另外，在黄河边上搭起小屋，披上大红色的帐幕，让姑娘住在里面。还给她准备了牛肉、酒及饭食，过上十多天，然后给姑娘的住所装饰一番，有床有席，仿佛嫁女一般。几天后，把小屋漂浮在河上。开始时还

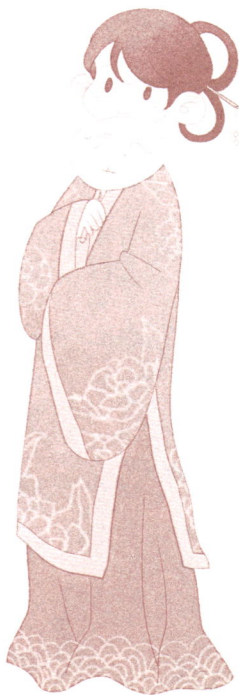

是浮动的，漂了数十里便沉没河中。"

那些有美貌姑娘的人家，担心被巫婆、神祝看上，因此大多带着女儿远逃他乡，于是城里更加空旷无人，极为贫困。这种风俗由来已久。百姓纷纷传说：如果不给河伯娶媳妇，洪水就会淹没村庄和百姓。

西门豹说："等到为河伯娶妇那天，希望三老、巫祝、父老一同去河边送姑娘出嫁，还希望来告诉我，我也要去送行。"老人们说："好的。"

到河伯娶妇的那天，西门豹去河边跟他们见面。三老、官吏、长老及村中父老都聚集在一起，前去观看的百姓有二三千人，真是人头济济。

那巫婆，是个年已七十的老太，跟随在后面的女弟子约十来个人，都穿着丝绸的单衣。西门豹说："叫河伯的媳妇出来，我要看看她是美女还是丑女。"于是把那个姑娘从帐幕里带到西门豹跟前。西门豹朝她瞥了一眼，回头对三老、巫祝、父老说："这姑娘不漂亮，麻烦大巫婆替我到河里报告河伯，要换一个漂亮的姑娘，隔天送去。"于是叫手下官吏及差役一起抱起老巫婆投向河中。过了一会儿，西门豹说："老巫婆怎么去了那么长时间不回来？叫她的女徒弟去催促一下！"于是又把一个女徒弟抛向河中。过了一会儿，西门豹说："女徒弟怎么那么长时间不回来？再让一个女徒弟去催促！"接着又将一个女徒弟扔进河里。一共扔了三个女徒弟。西门豹说："老巫婆、女徒弟都是女的，没法把事说清楚，麻烦三老走一趟去报告河伯。"于是把三老扔进河里。

西门豹弯着腰恭恭敬敬地站在河边等了很久。长老、官吏在一旁极为惊恐，唯恐轮到自己。西门豹回过头来说："巫婆、三老不回来，怎么办？"他又想让廷掾、长老去催促。他们都叩头求饶，头叩得血流满面，脸色像死灰般的。西门豹说："算了，姑且等一会再说。"过了一会儿，西门豹说："大家站起来吧，看样子河伯要留客很久了，你们结束后都回去！"邺地的官吏百姓大为惊慌恐惧，从此以后，再也没有人敢提为河伯娶媳妇了。

将计就计，恶势力顿时崩溃！

「一字师」郑谷

唐朝诗人郑谷居住在袁州。有个和尚叫齐己，也喜欢写诗，于是携带了自己所写的诗去拜访郑谷。齐己拿出一首《早梅》诗请教对方，诗的头两句是：前村深雪里，昨夜数枝开。

郑谷读后笑着对齐己说："'数枝'梅花开放，已不能算'早'了，还不如把它改为'一枝'来得好。"

齐己听了大为惊讶，不禁提起僧人穿的大衣、上衣和内衣叩头膜拜。从此读书人中把郑谷视为齐己的"一字师"。

改一字而成师，比"一字千金"更贵重！

林之栋画兰

　　林之栋擅长画兰花，而且喜欢游历，只要听说哪里有兰花，一定会千方百计找到它。一次，有个樵夫对他说，某个大山沟里，经常闻到很浓的兰花香味，可惜那儿茅草挡路，荆棘丛生，虎豹出没，很难到达。林之栋听了很动心，便招募了几个年轻力壮的人，拿着大刀、弓箭及火攻的器具，带着干粮，一路上敲着锣进入深山狭谷，仿佛对付强敌似的。最后果然发现了奇特的兰花，它的叶子长约一丈，花开得有手掌那么大，世上罕见。从此以后，林之栋所画的兰花更加奇特而有变化。

生活是艺术的土壤！

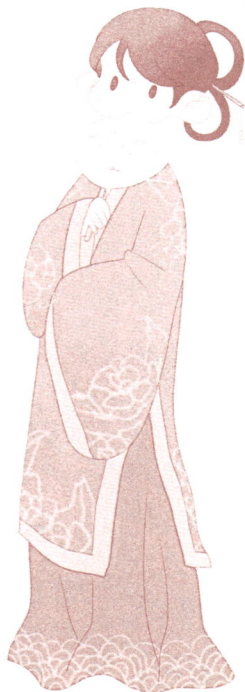

91.

黄宗羲论「诗中有人」

　　清朝著名学者黄宗羲评论诗歌时，一贯把"诗中有人"作为原则。有人拿着诗稿请他认可，他初读一遍说："像杜甫的诗。"再读一遍连声说："像杜甫诗，像杜甫诗。"那人喜形于色。然而黄宗羲却慢悠悠地告诉他："诗有点像杜甫了，只是不知道你的诗味在哪儿？这难道不是诗中没你自己的思想吗？"那人一下子显出失望的样子，回去后虚心刻苦练习了两年，又拿着诗稿去给黄宗羲看。黄宗羲读后点头认可，说："这才是你的诗了！"

　　"诗中有人"，道出了写诗真谛！

姚鼐从善如流

姚鼐是清朝古文大师"桐城派"的领袖。当时浙中地区盛行填词，姚鼐年轻时也跟风学习填词，而且小有成就。

有一天，王鸣盛对戴震说："我过去很怕姚鼐，他的词填得好，现在不再怕了。"戴震问："为什么？"王鸣盛说："他喜欢具有多种才能，看到某人有擅长，就想自己也能兼而有之。求学问如果用力专一就会精通，要是杂乱地学习就会粗浅，所以不必害怕了，因为他不可能每样都突出。"

戴震把王鸣盛的话告诉了姚鼐，姚鼐听后大为震惊，从此以后不再填词，而且放弃了其他爱好，潜心研习古文，终于成了一代大师。

从善如流，终成古文大师！

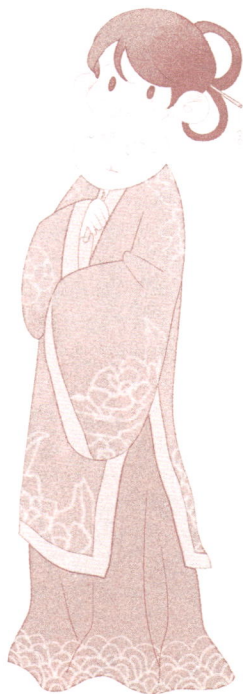

马锦饰演严嵩

金陵的戏剧演员马锦，祖先是西域人。

马锦所在的戏班曾经跟另一个戏班较量演技，一同演《鸣凤记》。西边的戏班由姓李的饰演明朝奸相严嵩，演技十分高明，没人能比得上。马锦自认为不如，最终抽身隐去。

马锦隐去三年后又回到戏班里，他对戏班里的同事说："如今若能再演《鸣凤记》，我愿献一技之长。"

不久，双方再演《鸣凤记》，马锦化妆打扮成严嵩与对方较量。演出结束，姓李的大为惊讶，没想到马锦会演得那么逼真，当天夜里就去拜访马锦，问他向哪个老师学习的。马锦说："我哪里拜什么师？我听说当今宰相顾秉谦，酷似严嵩，所以到了京城，请求做他的守门差役，三年里每天观察他的言行举止，时间长了就掌握了他的特点。这就是我的老师。"

　　姓李的说："妙极了！"

实践出真知！

125

94.

万绿枝头一点红

—

宋徽宗用"万绿枝头一点红，动人春色不须多"的诗句请画工们作画。很多画工都在妆点花卉上下工夫，唯有一个画工在绿色杨柳的掩映中，在烟雾缥缈的楼屋上，画了一个倚着栏杆而立的女子。画工们对此心悦诚服。据说宋徽宗还以"深山藏古寺"为题，让画工们作画。平庸的画工有的画了远处山上隐约可见的寺庙，有的画了山上寺庙的一角。只有一个画工画了一个佛教信徒，挎着"朝山进香"的佛袋向深山里走。这出人意料的立意也获得皇上与画师们的一致好评！

构思独特，自出心裁！

95.

柳开千轴，不如张景一书

北宋的柳开，年轻时任性气盛，往往说大话欺侮别人。他参加科举考试时，把文章递给主考官，共一千卷，用独轮车载着。面试那天，他穿着圆领大袖的外套，亲自推着车进入试场，想以此吓唬众人获得好名声。

当时有个叫张景的书生，文章写得好，有点名气，他仅仅在袖口里装了一篇文章献给主考官。主考官阅后大为赞赏，选拔张景为优等。

当时的人因此说："柳开千轴，不如张景一书。"

聪明人重质，蠢人重量！

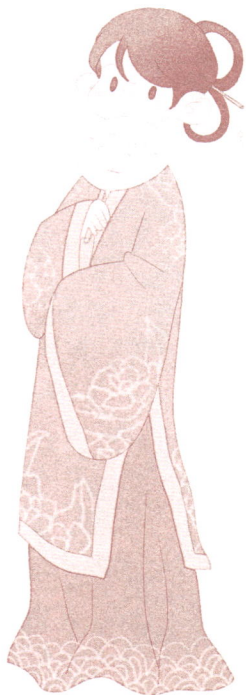

李贺作诗呕心沥血

96.

——

李贺是唐朝著名诗人。他的诗新奇瑰丽，具有浓厚的浪漫主义色彩。

每当日出，他骑着小马，带上童仆，背着锦缎织成的袋子，一路出游。看人物活动，观察四时景色，遇到有心得体会，便写成诗句，投入布袋中。他从不先确定题目然后写作，像别人那样牵强符合固定的格式。等到傍晚回去后，再补充完成。除了喝醉了酒及吊丧的日子，大都如此生活。

晚上母亲让女仆把布袋中的诗句拿出来，看到写了很多，就心痛地说："这孩子要吐出心才会停止！"

好的诗文是呕心沥血得来的！

97. 李泰伯改字

北宋大政治家范仲淹在浙江桐庐做官时，因敬仰严子陵，特地给他建造了一座祠堂。严子陵是东汉初年人，跟刘秀是同学。刘秀做了皇帝后，召他到京城去做谏议大夫，他不肯，隐居在富春山。相传他经常在富春江边上钓鱼，因此祠堂就造在钓鱼台旁。

范仲淹为严子陵祠堂写了一篇铭文，末了有一首赞颂严子陵的诗："云山苍苍，江水泱泱，先生之德，山高水长。"文章写成后，范仲淹把它给友人李泰伯看。李泰伯读后，再三叹服，然而觉得意犹未尽，站起来说："先生的文章一旦传出去，必定名闻天下，我冒昧想改动一个字，使它白璧无瑕。"

范仲淹肃然起敬，拱手相问。李泰伯说："'云山''江水'等词，从内容上说，很宏伟，从用词义上说，极有气派，而下面用一个'德'字接着它，似乎显得局促，换个'风'字怎么样？"

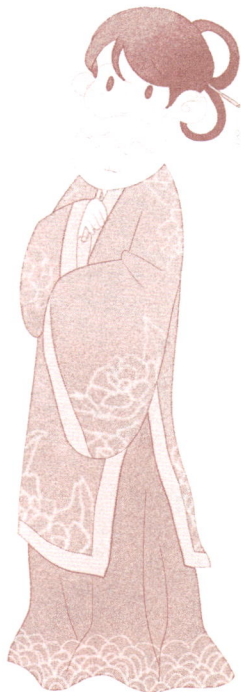

范仲淹聚精会神地听着，频频点头，他把诗再低低吟诵一遍："云山苍苍，江水泱泱，先生之风，山高水长。"果然味道大不相同，"风"有"风传千里""风流千古"的意味，因此更能反映后人对严子陵崇敬的意思。范仲淹极其佩服李泰伯，几乎要跪下来拜谢。

　　改一个"风"字，犹如注入了灵魂！

98.

赵匡胤急中吟佳句

北宋的大军包围了南唐国都金陵，南唐派徐铉去北宋京城汴都。

徐铉夸耀自己有才能，想用言语替南唐解围。他认为宋太祖赵匡胤缺乏文化修养，极其称赞自己的国君李煜博学且多才多艺，有圣人的才能。

赵匡胤让他背诵李煜的诗。徐铉当即背诵了一首《秋月》，说这诗极妙，天下人都在传诵。

赵匡胤大笑道："这是穷书生的诗句，我是不会这么说的。"

徐铉内心不服，认为赵匡胤在吹牛，并无实际作诗才能，可以让他处于尴尬的境地，就请赵匡胤当场作诗。

官殿上的侍从个个惊慌担心，面面相觑，因为他们知道赵匡胤是武人，不会作诗。稍停片刻，赵匡胤说："我地位低微时，从秦地回家，经过华山脚下，喝

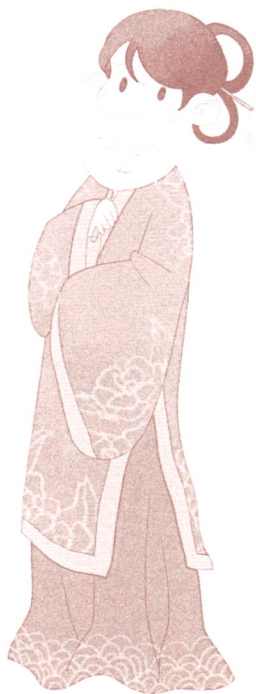

131

醉了酒卧在田间，醒来后月亮从东方升起，突然哼了两句诗：'未离海底千山黑，才到中天万国明。'"

徐铉听了大为惊讶，没想到赵匡胤竟有这样的好句。这表明赵匡胤年轻时就有统治天下的雄心。

宫殿上的人高呼万岁。

言为心声，有大志者才有大气魄的诗句！

文章浮艳不成才

　　唐太宗贞观二十年，王师旦任考功员外郎，主管科举考试。

　　冀州进士张昌龄、王公瑾都有文采，名满京城。王师旦在他们的试卷上都判了"下等"，整个朝廷中的大臣都不知是什么原因。

　　等到王师旦把考试的等第禀报皇上，唐太宗一看名单上没有张昌龄与王公瑾，感到奇怪。

　　王师旦回答说："这些人的文章确实有华丽的辞藻，然而内容轻薄，文章表面华丽，必定成不了大器。我如果选拔了他们，担心年轻人会模仿，从而改变了皇上一向提倡的淳朴的风气。"

　　唐太宗十分赞成王师旦的见解。

　　后来张昌龄做了长安地区的尉官，最终因犯贪污罪而解职。王公瑾也一生毫无成就。

　　文如其人。王师旦判得有理！

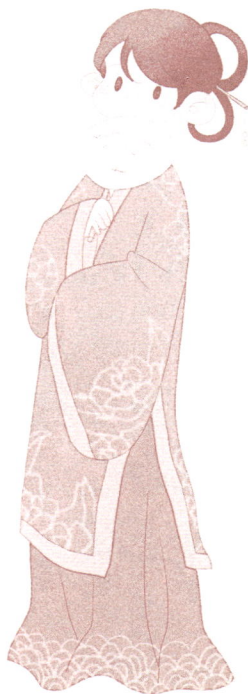

100.

袁宏作文倚马可待

东晋的桓温率兵北伐，当时袁宏也在军中。后来袁宏因故被免官。有一天，桓温在行军途中要写紧急文书，他便唤来袁宏，让他倚着战马写作。袁宏手不停笔，一口气写了七张纸，文书写得极可观。那时王珣（xún）在一旁，十分赞叹他的才能。袁宏说："这只不过得到别人的几句称赞罢了。"意为官运不亨，有才无处使。

成语"倚马可待"即形容写诗撰文才思敏捷！

胡旦为屠夫饰辞

　　宋朝的胡旦，擅长诗文，词句华丽，在当时很被推崇。晚年患有眼疾，谢客闲居。一天，国史实录院共同商议要为一个贵族作传记。那人年轻时地位低贱，曾经宰猪谋生。历史官认为如果避讳这事实，就不是真实的记录，但要直接写上去又很难措辞，怕损害了他的形象，于是一同去见胡旦。胡旦说："为什么不写：某人年轻时曾操刀宰杀，显示有主管天下的志向？"其实这是西汉陈平的故事。陈平为汉初名臣，曾任丞相。他年轻时贫贱，曾为乡亲们分割祭神的肉，分得很公平，受到称赞。陈平感叹地说："唉，要是让我主宰天下也像这分肉一样多好啊！"

　　当时人对胡旦的措辞没有不感叹佩服的！

　　为尊者讳，只有他能如此措辞！

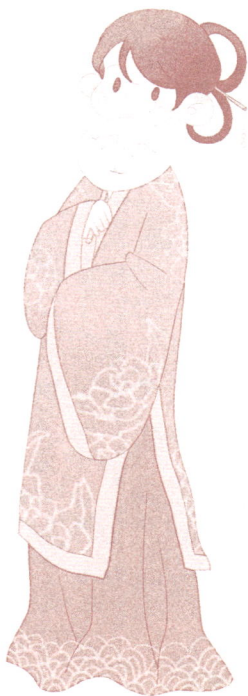

韩愈与贾岛议「推敲」

唐朝诗人贾岛早年参加科举考试时，住在京城长安。一天，他骑在驴背上突然想到两句诗："鸟宿池边树，僧敲月下门。"他又想把"敲"改为"推"，反复思考而未确定，在驴上吟哦，而且伸出手做推与敲的姿势。旁观的人对此感到惊讶。

当时韩愈做代理京城地方长官，他的车队正出行，贾岛不知不觉中撞上了仪仗队的第三节，还在不停做推敲的姿势。故意冲撞官员仪仗，这还了得！贾岛被韩愈的侍从推到了韩愈跟前。

韩愈问他干什么，贾岛把实情一一地告诉对方，并说"推"与"敲"未决定，精神游离于物象之外，忘了回避。

韩愈是个诗文大家，对此很感兴趣，不仅没责备，反而停下马车想了很久，然后对贾岛说："'敲'字好！"

随后他邀请贾岛一同回官府，两人共谈作诗的方法。贾岛在府中逗留了好几天，韩愈因此跟他成了好朋友。

"敲"不仅有形，且有声，给人以联想，当然"敲"字好！

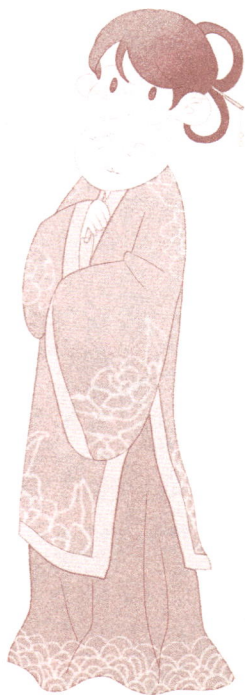

魏约庵指头作画

清人魏约庵（ān）擅长用指头作画。陈东桥在他的指头画《渔翁》上题词说："本朝高侍郎（高其佩）也擅长指头画，人物花鸟，随意用指头作画便成，都有奇特的趣味。奇奇怪怪，有笔墨所不能达到的效果。然而苍苍莽莽一览无余，细腻不够，比不上这《渔翁》。《渔翁》中的渔父，胡须眉毛隐隐约约，有隐士的风范，而且岸边柳枝垂下阴影，湖面上兴起微微的波浪，钓竿、鱼具、斗笠及蓑衣，样样画得精巧。如果让平庸的画家来作这幅画，即使用老鼠胡须制作的细笔，也未必能画得这般生动。"

于是我十分感叹，天地间人人都有指头，他们的指头竟这样奇特巧妙，可我十个指头像铁杆，连用笔作画也不能，怎么办？民间传说："有个人遇到了道教祖师吕洞宾，吕能点石成金。吕问对方：你想要金子吗？那人说：我不要金子，只想要师傅的一个指头。"我也不想要魏约庵的画，只希望得到约庵的一个指头。

只要有才智，创新的天地就无限宽广！

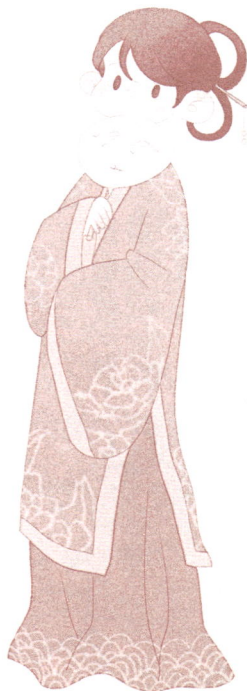

魏约庵指头作画

139

蒲松龄道听途说写《聊斋》

　　蒲松龄的《聊斋志异》，语言及篇章十分精炼。

　　他写这本书前，每天一早携带一个大的陶罐，里面贮藏着浓茶，还准备了一包烟，放在行人往来的大路旁，地上铺着芦垫，坐在上面，烟与茶放在身边。看到有人路过，必定要拉住对方谈话，各种奇奇怪怪的事，只要对方知道，全部说出来。对方嘴干了就递上茶水，或者奉上一袋烟，一定要让人掏尽肚里的故事。偶尔听到一个有价值的故事，回去后就加工润色。如此二十多年，才完成了《聊斋志异》。

　　聪明的作家会广泛搜集材料，而不是闭门造车！

盲人谈三多绝艺

　　谈三是广东开平县人，瞎子，家中贫困，但身怀绝技。

　　每天傍晚时分，他肩上背着一只大布袋，里面装着笙、箫、琴、笛、锣、鼓、唢呐、钟等，样样齐备。另一只肩上背着一副木架。只要听到唢呐一响，大家都知道是谈三来了。

　　如果请他献艺，就唤他到家里。谈三把席子铺在地上，木架上挂起大锣，把大钹小钹、锣鼓等乐器分列摆在地中央，自己坐在席子上，先吹吹打打一番，嘴吹唢呐，肘敲大锣，右脚撞钹，同时敲锣，左脚敲摇竹板。在门外听的人，不知道室内有多少人在表演。吹打结束，接着表演戏曲，口里唱着各种曲调，手弹琵琶，脚敲鼓，打竹板，像模像样，中规中矩，老生、小生、花旦、花脸、丑角等声音全有。遇到武戏，那么大锣大鼓同时响起，仿佛杀退敌兵，凯旋回朝。

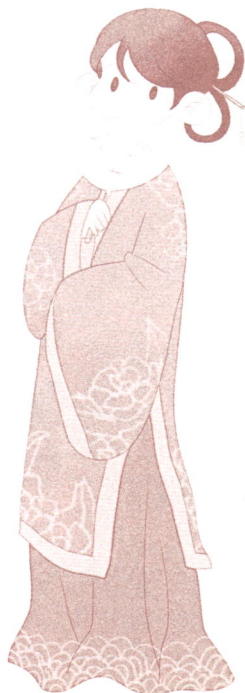

一个乞讨的盲人，全身上下，没有不派上用处的。而且各种表现都很别致，没有雷同的缺点。即使一人用十只眼睛看，用十只手指点，也不能全部看清、全部指明，真是妙极了。

一个盲人能作如此表演，全是智慧的结晶！

王安石改诗

106.

——

　　王安石曾写过一首绝句《泊船瓜州》："京口瓜州一水间，钟山只隔数重山。春风又绿江南岸，明月何时照我还？"吴中有个读书人家中藏着他的草稿，开始写"又到江南岸"，王安石圈掉"到"字，在旁边注明"不好"，改为"过"，成为"春风又过江南岸"。后来又圈掉"过"，改为"入"。不久又改为"满"。前后共改用十来个字，最终决定用"绿"。

好诗文是修改出来的！

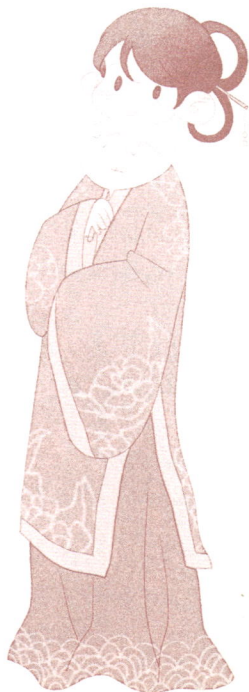

一
幅
讽
刺
画

　　清朝的江建霞曾给人在绢制的团扇上画了一幅画。画面上有两只贪食的老鼠，旁有一颗胡桃及几粒花生。他在画上题了一首词："老鼠哥哥，你底事终宵闹我。蜡烛已残，油灯又破，忍使俺无端闷坐。刚到新年，福橘乌菱，早饱哥哥肚，只剩得几荚花生，还有胡桃一个。些些桐子，不值今朝小吃，恐教受饿，劝哥哥明日还来，预备些干粮，细嚼五更鼓。"这首词配在画上，意味深刻，妙趣横生，看的人都会忍不住笑起来。

　　忽然有个朋友拿起笔在下面写上："此词人感慨外强频频入侵、欺人太甚，而当权的不能事前作出巩固边疆的策略，致使各处口岸，已接二连三地被割去，将来的政策，仍将不外乎拿土地去讨好敌人罢了。"于是，众人都拍手大笑起来。

那友人的几行字，点明了江建霞幽默画的深刻含义，真是聪明人识透聪明画。

　　文艺也是战斗的武器！

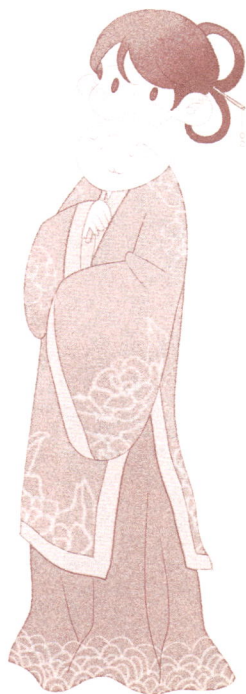

一幅讽刺画

正午牡丹

世上有不少书画收藏家，往往只图个空名而已。他们偶尔听说某幅字画出于名人钟繇（yáo）、王羲之、顾恺之、陆探微之手，便争相购买。至于那字画是真品还是赝品，是精品还是劣货，全然不顾，这叫做"耳鉴"——凭耳朵识别字画。还有的人更蠢，欣赏图画竟用手去抚摸，他们认为颜色涂得均匀，摸上去没有高低不平的感觉，便是好画，这种人更在"耳鉴"之下，可以称之为"揣骨听声"——像相面的人一样，胡说通过摸人的骨骼和听人的声音就能预测人的祸福。

宋朝大文学家欧阳修曾得到一幅古画，上面画着一丛牡丹，牡丹花下蹲着一只猫。他辨别不出是否精品。一天，欧阳修的亲家吴育上门来，欧阳修便拿出那幅古画来请他鉴赏，吴育仔细一看说："这是正午牡丹。"

"何以见得？"欧阳修问道。

吴育指着牡丹说："你看那花瓣，略微显得涣散、萎靡，而花色呢，也似乎干燥，这就表明是中午时的花；再说花下蹲着的猫，它乌黑的眼睛眯得像一条线，这是中午时的猫眼。如果是早晨的花，它的花心收拢而且颜色湿润；猫的眼睛，早晨和夜里是圆溜溜的，随着太阳的升高而逐渐显得狭长，到正午就像一条线了。这是一幅好画啊！"欧阳修再仔细看看，果然如此，不禁大为叹服。

经验是鉴赏家的基石！

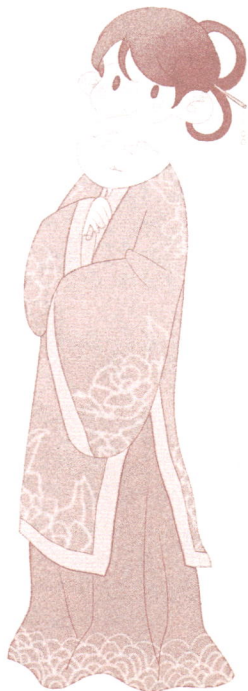

正午牡丹

147

曹植七步成诗

　　曹丕和曹植是同母兄弟，他们的父亲是魏王曹操。曹植生得聪明伶俐，很受父亲的爱怜。曹操一度曾想让他作为继承人，但由于种种原因，曹操最后还是让曹丕继位了。虽然这样，兄弟间已产生了严重的矛盾。

　　曹丕做了皇帝后，处处排挤压制曹植，最后竟想置曹植于死地。

　　一天，曹植被召进宫。他踏进大厅，见气氛异乎寻常。曹丕拉长着脸端坐中央，两旁分坐几个杀气腾腾的武将。曹丕叫曹植坐停，寒暄了几句后，问道："近来你作诗撰文吗？"

　　"偶尔弄点笔墨，但无甚进步。"曹植答道。

　　"朝中文武官员，都说你才华横溢，不过也有人怀疑你的诗文是有人代笔的，是真是假，请你今天当众写一点，以正视听。"曹丕用心险恶地说。

　　"遵命。"

曹丕说："你我是兄弟，就以兄弟之情作一首诗，限你在这厅上走七步，七步之内完不成，立刻斩首！"

"啊！原来是这样。"曹植顿时悲愤交集，他万万没料到一母所生的哥哥会对他如此狠毒，名为命题作诗，实为谋害。他边走边想，还没走完七步，便吟出六句诗来：

> 煮豆持作羹，漉菽以为汁。
>
> 萁在釜下燃，豆在釜中泣。
>
> 本是同根生，相煎何太急！

"好诗，好诗！"几个对诗文不甚精通的武将忍不住叫起来，这下倒使曹丕陷入狼狈的境地。因为那六句诗分明在讽刺、抨击曹丕：豆和豆萁本是同根生的，好像他和曹丕本是一母所生。如今豆萁在锅下熊熊燃烧，豆子在锅中备受煎熬，犹如曹丕忘情无义地迫害他。这样的结果有什么好处呢？还不是豆萁烧尽，豆儿煮烂，同归于尽！

急中生智，留千古杰作！

金农作诗「解围」

　　金农是清朝乾隆年间著名的诗人兼画家。他一度曾寓居于扬州。扬州是水陆交通的要道，经济繁荣，文化发达。那里的许多盐商虽然都是做生意的，但都以跟文人学士交往为荣，因此争着邀请金农出席各种集会。

　　一天，某商人在扬州瘦西湖旁的平山堂设宴招待客人，金农也应邀出席了，并且坐在上座。席间，有人提议用"飞""红"两字作酒令，即每人轮流念一句古诗，诗中要有"飞""红"两字，念不出的罚喝酒三杯。大家欣然同意，唯独主人闷声不响，因为他实在是个大老粗。接着依次行酒令，轮到那主人时，他皱着眉头苦苦思索，始终想不出有"飞""红"的诗句来，真感到有失面子。"罚三杯！罚三杯！"在座的人哗然取乐。"想起来了。"主人突然说，"柳絮飞来片片红。""胡说，胡说。"在座的客人哄堂大笑：柳絮怎会是红的呢？"不错，这是古人说过的诗句。"一直没有开口的金农说。"真的吗？请金先生念出来让大家享享耳福。"有人说。

金农呷过一口酒，说："这是元朝人赞美平山堂的诗句：廿四桥边廿四风，凭栏犹忆旧江东。夕阳返照桃花渡，柳絮飞来片片红。"

"好诗！好诗！"盐商们佩服金农知识渊博。桃花渡就在平山堂外，其时正值春季，水坞边桃花盛开，在夕阳的光辉映照下，一片绯红；它的反光，将飘落下来的柳絮染成了红色。所以"柳絮飞来片片红"不仅符合实际而且极有诗情画意。

其实这根本不是元朝人诗句，而是金农灵机一动随口念出、为主人解围的。主人异常高兴，第二天特地登门酬谢金农。"柳絮飞来片片红"，以其映衬贴切而留名诗谱。

可见扬州八怪之一的金农才思何等敏捷！

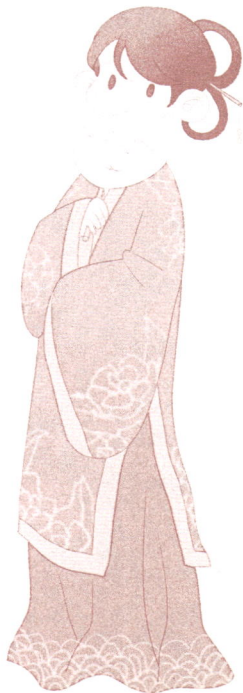

朱元璋庵中题诗

　　朱元璋起兵后，渡过长江，乔装改扮来到一座小寺庙，打算在庙里住一个晚上。庙里和尚见他神态异样，盘问他的官爵、籍贯与姓名。朱元璋有点恼火，就在墙壁上写了首诗："杀尽江南百万兵，腰间宝剑血犹腥。山僧不识英雄主，只顾哓哓问姓名。"朱元璋做了皇帝后，听说他写的那首诗已被人冲洗掉了，就下令将庙里的和尚逮捕并押送京城，准备杀掉他。

　　和尚被押送到京城后，朱元璋问道："我的诗为什么把它冲洗掉？"和尚说："皇上题的诗冲洗后，如今只有我师父的四句诗保存着。"朱元璋问："什么诗？"和尚吟诵道："御笔题诗不敢留，留时常恐鬼神愁。故将法水轻轻洗，尚有毫光射斗牛。"朱元璋听后不禁开怀大笑起来，最终将和尚放走了。

　　和尚的诗正符合朱元璋的胃口！

112.

顾恺之画人

　　顾恺之是东晋著名画家，他画人物，有时人物画成了，而好几年不点上眼珠。人们问他这是什么缘故，他说："人物四肢的美丑，本来就跟画的精美无关。画人物要传神，就在这一点上。"

　　这"一点"，指的就是眼珠。

　　眼睛是心灵的窗户，点"睛"确是关键！

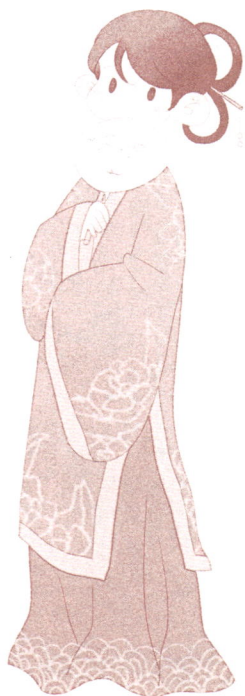

153

杨亿对寇准

寇准做宰相时，常跟同僚作对联。

有一次他出了一副上联：水底日为天上日。意为水底的日影就是天上的太阳。当时没有人能对出下联。

不一会儿，适逢杨亿前来有事禀报，寇准知道他是个文学才子，就请他对下联。寇准话音刚落，杨亿接着对道：眼中人是面前人。意为眼睛中的人影就是面前的人。

所有在座的人都认为杨亿对得好。

对得既工整又贴切，确是个才子！

114. 戴颙为佛像减肥

从汉朝开始中国才有佛像，当时佛像的制作比较粗糙。宋世子叫工匠铸造了一尊一丈六尺高的铜佛像，安置在瓦官寺里。佛像虽然铸成了，但遗憾的是看上去面孔太瘦。他叫工匠修改，但工匠说无法修改。这怎么办呢？于是把戴颙（yóng）请来，让他想想办法。戴颙看过佛像后说："不是面孔瘦，而是佛像的手臂肩胛太肥胖了。"随后给佛像削减手臂与肩胛，结果看上去面孔就不觉得瘦了。

一位高明的雕塑大师！

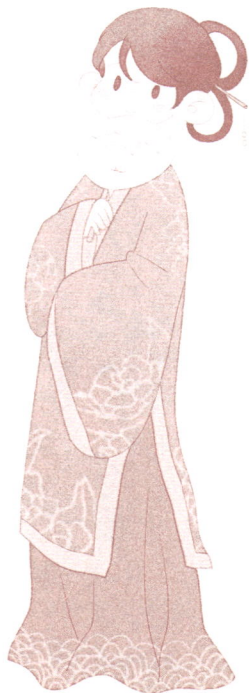

王安石集句诗

　　古人在诗中有"风定花犹落"的句子，世人认为没有人能找到跟它相应的句子。王安石找来"鸟鸣山更幽"作对句。"鸟鸣山更幽"本是南朝宋代王籍的诗句，原来的上句是"蝉噪林愈静"。"蝉噪林愈静，鸟鸣山更幽"，这上下两句只是一个意境，都表示动中有静。现在拿来跟"风定花犹落"作对，成了"风定花犹落，鸟鸣山更幽"，表现为上句静中有动，下句动中有静，更有意境。从王安石开始世上有了"集句诗"，即把别人写的诗句挑选后重新组合。他的集句诗最长的有百来句，意境往往超过原来的诗，后世人渐渐有模仿编"集句诗"的。

　　这是一种再创造！

116.

侯钺画盗像

清朝的侯钺（yuè）有独特的技巧。他擅长画人的相貌，只要见过一面，即使相隔数十年，还能默默地把对方的容貌画出来。

参加进士考试时，金榜题名的三百人，侯钺都记住他们的相貌，绘了一箱子人物画，等到后来第二次见面，没有不记得的。

侯钺曾经去附近地方，半路上遇到强人被抢劫。他呼唤强盗，叫他们坐在大石头上，镇定自若地跟他们谈笑，强盗不敢靠近他。后来侯钺骑着驴子吹着口哨回去，一到家便把强盗的形状逐一画出，并送官吏，不久那些强盗被一网打尽。

记性好，画技高，确有"殊巧"！

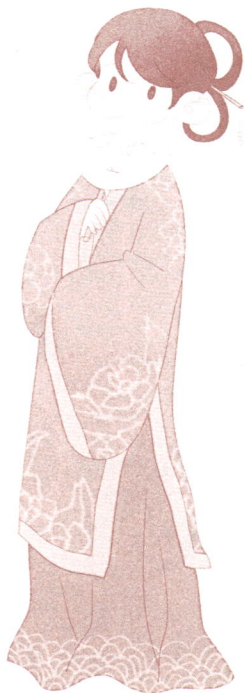

117.

韩志和令蝇虎子舞蹈

韩志和本是日本人，长期生活在中国。他擅长雕刻凤凰、仙鹤等禽类动物，还把机关装在它们腹中，拨动机关就能飞，高两三百尺，落在数百步以外。

他又曾在唐朝皇帝宪宗前拿出五六十只"蝇虎子"——蜘蛛一类的小动物，让它们分开排成队，叫它们随着梁州曲跳舞，而且都合节拍，开口"说话"时嘤嘤有声，曲子唱完，舞蹈也结束，然后一只接一只退下，仿佛还有贵贱等级的区别。

唐宪宗看了非常高兴，赏赐给他金银及丝织品，并且提高一等官职。

韩志和令蝇虎子舞蹈，恐怕胜过驯兽师！

「神笔」胡应麟

明人胡应麟，字元瑞，浙江兰溪人。他的书法很有名，但不到酒酣或心情极好时，决不肯临池写字。

他酒醉时写字，多不用笔，愈醉写出的字愈妙。别人来求他写字时，先要等他酒喝醉了，把磨好的墨汁倒入砚池内。这时胡应麟时而用头发蘸墨汁，时而用手臂蘸墨汁，甚至用耳朵与鼻子蘸墨汁，然后甩动头发、挥动手臂，或用耳朵、鼻子写字。

字写好后，人们都认为他是神来之笔。

独特的书法艺术，闻所未闻！

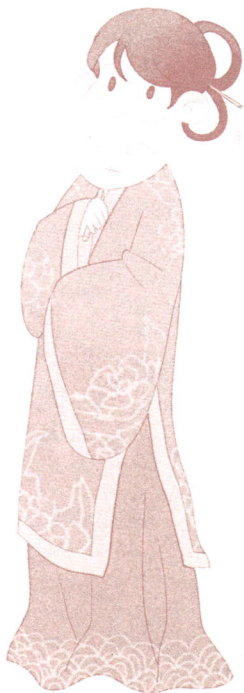

119. 捏塑能手江凤光

　　福建连城的江凤光，擅长雕刻与捏塑人像。他的技艺有内功和外功之分，都达到登峰造极的地步。所谓"外功"，是指众人可以看着他雕刻；"内功"就是捏塑，手里拿着一团泥巴，把它藏在袖子里，然后注视着要捏塑的对象，专心致志地在袖子里捏塑，等到拿出袖子，神态相貌都惟妙惟肖。

　　他曾经游历广东，住在旅馆里，旅馆的对面有个姓黄的开了一家店铺，店里藏着一件古玩，价值千金。有人借古玩观看，当时很多人围聚在一起，仿佛一堵墙。那古玩被人辗转传看，最后被某乙悄悄地带走了。

　　这件事刚好被在旅馆屋檐下的江凤光看到了。后来姓黄的找不到这件古玩了，懊悔得几乎要寻死。

　　江凤光对姓黄的说："我刚好看到那个带走古玩的人，但讲不出他的姓名。请让我捏塑出他的相貌代替我用语言来表达，行吗？"姓黄的当然同意。

于是江凤光拿来一团泥捏塑出某乙的相貌，交给姓黄的看，并说："偷你古玩的就是这个人。"

姓黄的一看就惊叫起来："这是我邻居某乙。"马上奔到某乙家中讨回古玩。某乙不敢撒谎，只好把古玩还给他。

江凤光从此名声大振。

泥塑并不难，难在"袖塑"，神在惟妙惟肖！

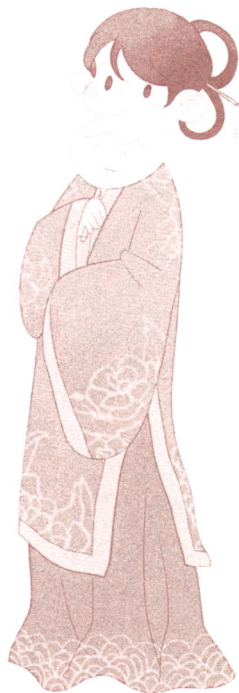

喻皓建塔

在我国古代，石塔、砖塔常见，而木塔罕有。

五代末年，占据浙江的吴越王钱俶（chù）命令工匠在杭州梵天寺里建造一座木塔。刚造了三层，钱俶就兴致勃勃地去观赏。可是一群人刚踏上第二层，就觉得脚下微微有些晃动，上第三层时，摇动更明显了。钱俶顿时敛容，露出不悦的神色。匠师见此，连忙走上去抱歉地说："塔上还没铺瓦，顶太轻，所以会感到摇动。"

几天以后，塔顶上铺了瓦，可是人走上去仍然摇动。匠师苦苦思索，终究一筹莫展。

这怎么办呢？匠师和其他的工匠们十分紧张，他们怕钱俶来问罪，最后匠师找到了喻皓。喻皓是浙东人，是当时著名的建筑工匠，他说："这很容易，只要逐层铺上木板，用铁钉严严实实地钉牢，再高的木塔也不会摇动。"

匠师遵照喻皓的话做了，木塔果然稳稳当当纹丝不动了。原来，铺上木板钉牢后，木塔每层都像上下左右前后紧紧相连的箱子，六面互相牵制，再多的人踩在板上，也不会动摇。

以后，喻皓用了八年时间在开封设计建造了开宝寺塔。那是我国建筑史上的杰作。开宝寺塔八角十三层，高三十六丈。由于开封地处平原，多西北风，他设计时特意让塔身向西北倾斜，并预计在风力的作用下，经过一百年时间，塔身可以笔直。后来的事实证明了喻皓的预见。喻皓不愧为杰出的建筑学家。

巨匠有高招！

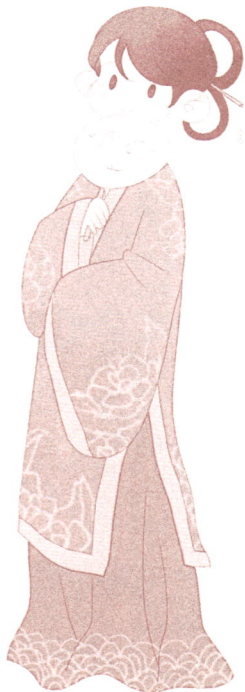

李氏木刻钟馗杀鼠

121.

———

　　宋朝庆历年间，有个姓李的方士，擅长巧妙构思。

　　他曾经用木头雕刻了一尊手舞足蹈的传说能降魔伏妖的钟馗（kuí）像，高两三尺，右手拿着铁尺，左手掌伸开，掌中放了香饵。老鼠想偷吃香饵，会沿着左手爬上去，待爬到掌上便被掐住，右手立即用铁尺击毙它。

　　真是巧妙之极。

　　不输于现代机器人！

曹绍夔捉「鬼」

明朝时期，洛阳有个和尚在市场上买了一只磬（qìng）子，可是不等他念经敲击，磬子里竟"嗡嗡"地发出声音来了。

"奇怪，哪来的声音？"和尚左看右看、反复揣摩，始终找不出什么原因。即使将磬子从几案搬到床头，它还会不时发出"嗡嗡"的声音。和尚认为磬子里一定藏着什么怪物，几天之内他心神不宁、坐卧不安，终于吓出一场病来。

寺庙里的住持和尚，找有法术的人捉"鬼"，可是各种方法都用过，"鬼"还是捉不掉——磬子仍发出"嗡嗡"的声音。

和尚有个朋友叫曹绍夔（kuí），是个乐师。一天，曹绍夔来看望和尚，并询问得病的原因。和尚把前因后果说了一遍。曹绍夔是不相信有鬼怪的，他认为一定有其他原因。他们谈着谈着，吃晚饭的时间到了，

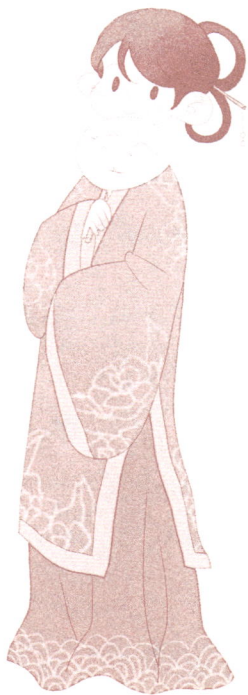

寺庙里响起"喤喤"的钟声，曹绍夔正站起身来要走的时候，磬子里发出"嗡嗡"的声音。和尚颤抖着说："又来了，又来了。"曹绍夔凝神一想，豁然开朗了，笑着对和尚说："有办法了，有办法了！你明天准备一桌丰盛的酒席招待我，我保证给你把'鬼'捉掉。"和尚将信将疑，但他渴望着自己的病早日痊愈，就答应了曹绍夔的要求。

第二天，曹绍夔准时来到寺庙里，他吃喝完毕，从胸怀里取出一把锉刀，在磬子上重重地锉了几下后，说："'鬼'捉掉了。"

自从磬子给曹绍夔锉了几下后，果然再也没有"嗡嗡"的声音。和尚再三追问那是什么道理。曹绍夔说："这磬子和寺庙里的钟的音律（即振动的频率）相同，因此只要大钟一响，磬子也会发出声音。我用锉刀锉了它几下，音律不齐了，所以再也不会跟着大钟发出声音了。"

和尚解开了心头的疙瘩，病很快就好了。

曹绍夔靠物理知识驱"鬼"！

蒲元识水

蜀国的蒲元，天资聪明，有很多奇思妙想。

他在斜谷为诸葛亮铸了三千把刀。刀造成后，他说汉江里的水软弱——含钙盐、镁盐较少，不适宜用来淬火，要用蜀江里的水淬火，这样的刀才坚硬锋利。于是叫人到成都去取江水。

水取回后，蒲元用它淬刀。他发觉不对，说水里夹杂着涪（fú）江里的水，不能用。前往成都取水的人强调没有夹杂其他的水。蒲元用刀划水，说夹杂八升水。这下取水的人服了，叩头说："我在涪水渡口打翻了水桶，就用八升涪江水充满了桶。"

简直到了神乎其神的地步！

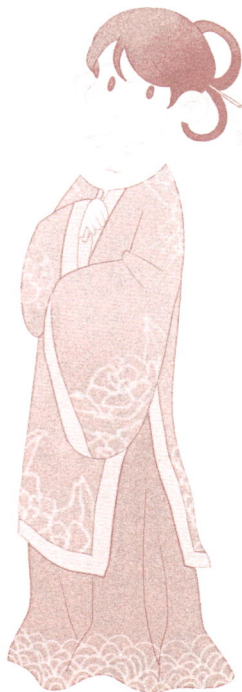

124. 怀丙河中出铁牛

在山西省永济县境内，北宋时曾有一座奇特的浮桥。设计这座桥的人怕它被水冲走，特地在河的两边铸造了八头大铁牛，每头铁牛都有好几万斤。浮桥用铁链牢牢地拴着铁牛，因此很稳固。

后来有一次，上游突然发洪水，汹涌澎湃的急流冲断了浮桥，把拴住浮桥的铁牛拖沉到河底去了。

大水过后，官府出钱，招募能将大铁牛从河底里捞起来的人。这时，有个叫怀丙的和尚，他说他有办法捞起铁牛。官府答应让他试试。

怀丙先探测到铁牛沉没的地点，接着雇了两艘大船，船舱里装满了泥土，驶到沉铁牛的水面上。他叫人在两艘船之间用大木头搭起一个架子，像一杆秤，再在"秤杆"上系着铁链，铁链的一头钩住河底的铁牛。这一系列的准备工作做好后，怀丙便叫人将两艘船中的泥一筐一筐扔进河里。

船载重减轻了，船身慢慢地向上浮起，"秤杆"上钩着的铁牛也逐渐上升。等到船上的泥扔完，铁牛的背已露出水面。船驶近河岸，铁牛也随着拖到了岸边。

借浮力吊起铁牛，这办法真神！

怀丙河中出铁牛

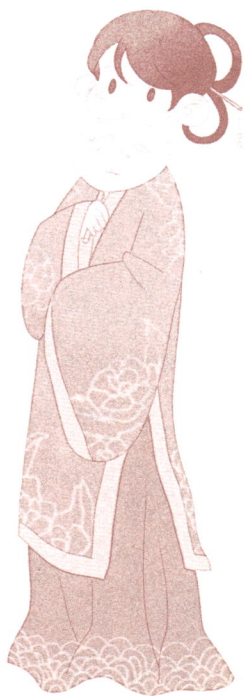

游僧荐重元寺阁

苏州重元寺里的一座楼阁突然向一边倾斜了，如果要将它扶正荐直，仅人工和材料费就得花上几百万铜钱，这对依靠香客施舍来维持的寺庙来说，是怎么也办不到的。

荐阁的事就这样一个月两个月地拖下去了。

一天，寺庙里来了个游方和尚。重元寺里的住持和尚陪着他参观，当他们经过那倾斜的楼阁时，住持和尚又不免为修复之事叹了一番苦经。

游方和尚是个热心人，懂得一些土木工程的事。他走进楼阁，仔细观察了一番，说："不必大动土木。"

"莫非师父有简便的方法可以修复？"住持和尚急切地问。

"有。"游方和尚说，"只要请个人，每天削几十块木楔，用榔头敲进去，就可以荐直。"

住持和尚听从他的建议，每天吃完饭，叫几个和尚各拿着十块木楔，登上楼阁，把它敲进缝里。不到一个月，倾斜的柱头全部荐直了。

小成本大收获！

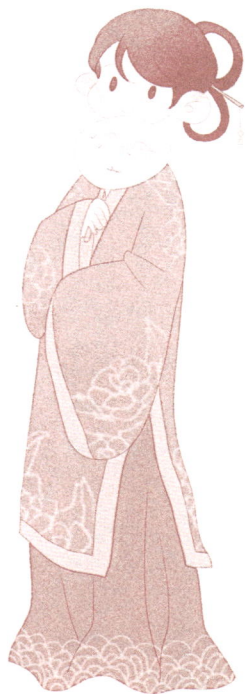

游僧荐重元寺阁

171

工匠铸鉴

　　古人铸造铜镜，镜面大就铸造得平，境面小就铸造得凸起。

　　凡是镜面凹下去的，照出的人面就大，镜面凸出的，照出的人面就小。可是小镜子无法把人面全部映出来，所以铸造时总要让镜面微微凸起，收进去的人面也就小，那么镜子虽然小却能把人面全部容纳进去。还要再测量镜子的大小，调节镜面凹凸的程度，要使人面与镜子大小差不多。这是工匠的巧妙与智慧。

　　后代人铸造不出，等到得到古镜，都刮磨使镜面平整，实在是不知道古人铸镜的奥妙！

　　智者与庸人在铸镜上泾渭分明！

丁谓修皇宫一举三得

宋朝真宗年间，皇宫里发生火灾，烧毁了几座殿堂和楼阁。皇帝责成宰相丁谓迅速修复。

丁谓在考虑修复宫室时，遇到三件难事。第一，取土难。筑墙等，要用大量泥土，而皇宫里没有多余的泥土，因此得从几十里外的城外去运土。第二，运输难。大批的竹、木从各地经水路运到开封后，只能停在城外，这些竹、木从城外运到工地，既花劳力又花钱。第三，销毁垃圾难。烧毁的宫室残留下的砖瓦灰土要运出城，也不是一件简单的事。

丁谓苦苦思索，终于想出了一个妥善的办法。他先安排一万来名役工在皇宫前面的大路上挖土，将土运到工地。因此没有几天，一条大路就成了宽阔的深沟，修复宫殿所需要的泥土绰绰有余。接着，他下令把深沟和城外的汴水挖通。汴河里的水哗哗地流入深沟，原来的深沟顿时成了大河。这样，停泊在城外汴

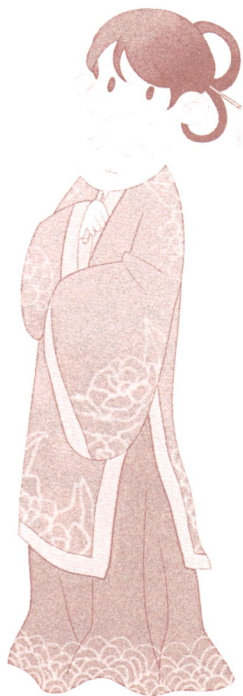

173

河里的竹筏、木筏便可直接驶到皇宫大门口。从皇宫大门口再运到施工地点，就方便得多了。

修复宫室的工程进展得很快，比预定时间大大提前了。宫室修复后，余下的焦木废土和灰沙，全部填进深沟里。不几天，一条大河又恢复为一条平整的大路了。

丁谓施工，一举三得：既解决了取土、运输等问题，又解决了瓦砾灰壤的处理问题；既节省了人力、物力和财力，又加速了工程进度，所以他的经验至今还受到建筑学家们重视。

丁谓懂得统筹法！

尹见心水中锯树

　　尹见心做知县时，县城近河。河里有一株树，是从水里长出来的，已有好多年，经常有船被撞坏。

　　尹见心叫人把树砍掉。百姓说："树根长在水中，而且很牢固，没法砍掉。"这怎么办呢？

　　尹见心派一个会潜水的人，下水测量那树的长短，然后用杉木制成一个大桶，比那树略长一点，两头是空的，接着把杉木桶从树梢套下去，直插到水底，待固定下来后，再用大水瓢把木桶中的水舀干。人就从木桶下到水底，把树锯断了。

　　从此船只顺利通行，船夫们再也不用提心吊胆了！

　　只要开动脑筋，办法总是会有的！

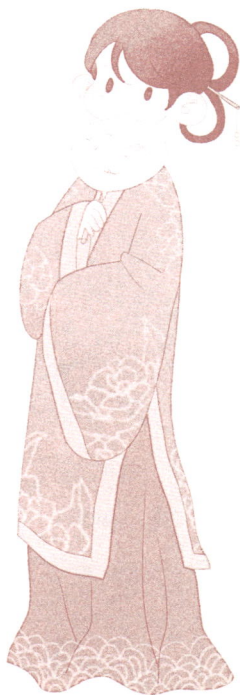

175

河中石兽上游觅

　　在河北沧州县南面，有一座古庙，坐落在河边，因为年久失修，山门倒塌在河里，门口的两只石狮子也一块儿沉到河里去了。十多年后，庙里的和尚募捐到了一笔钱，准备重新修建山门。他想到石狮子掉在河里，便在倒塌的河岸下边寻找，结果一无所得。和尚怀疑石狮子可能被水冲到下游去了，就雇了几条小船，船上牵引着铁耙，在下游寻找，可是循河寻找了十多里，仍不见踪迹。

　　石狮子沉到哪里去了呢？一天，庙里来了一位讲佛经的人，他听到和尚在寻找石狮子，便笑着说：

　　"糊涂，糊涂！你们不懂得物体运动的原理。这石狮子又不是木片之类的东西，怎会被河水冲走呢？石头是很坚硬的东西，而泥沙松散轻软，石狮子沉落在泥沙上面，只会越陷越深。你们顺着河水到下游去寻找，岂不荒唐吗？"

"说得好，高见！"和尚与众香客们佩服他的论断。正当和尚要请人从河底里挖开泥沙寻找石狮子时，有个老河工来了。他说："听说你们要从泥沙里找石狮子？"

"是的。我们在下游找了十多里路没找到。"和尚说。

"不行。"老河工说。

"为什么？"

老河工说："凡是石头掉进河里，应该到河的上游去找。""真的？！"和尚与众香客惊讶地问。"我还会骗你们？我治水几十年啦，见得多了。"老河工微笑着说，"因为石性坚硬，河水冲不动它。水流遇到石头后，产生一股反激力量，会在石头下面迎水的地方将泥沙冲走。时间一长，石下出现了一个小坑。这坑越冲越深，冲到石头半腰时，石头便倒进坑里。像这样，河水不断地冲走泥沙，石头不断地转动，于是石头就逆水而上了。你们早先到下游去寻找，当然不对，但要到石狮子倒下去的泥沙里去寻找，也是荒唐的。"和尚与众香客们开始还有点半信半疑，结果真的在上游几里外的地方找到了石狮子。大家这才信服老河工的智慧和经验。

还是要靠知识解决问题！

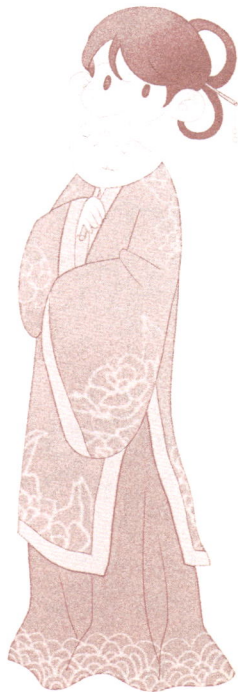

河中石兽上游觅

177

发明家马钧

马钧是三国时魏国的大发明家。他天资聪明，技艺高超，一生有很多创造和发明，是我国古代的机械制造专家。

当时，纺丝织绫的机械构造很复杂，如果五十根经线，得装上五十个踏脚；六十根经线，要六十个踏脚。这样，既费时又劳力。马钧把它一律改为十二个踏脚，生产效率提高四五倍。

有一年，他在朝廷中做给事中的官，跟朝中大官高堂隆和秦朗因为指南车的事发生了争论。高堂隆和秦朗认为我国古代没有指南车，历史上的记载是不可信的。马钧不同意他们的观点，说："古代有指南车，只是二位没多动脑筋思考罢了。"高堂隆和秦朗很不服气，当场挖苦马钧。马钧说："空争论是没有什么用的，不如来个实验看效果。""行！你翻造出指南车，我们就信服！"高堂隆和秦朗说。于是他们两人把争论的事报告了魏明帝。魏明帝下命令让马钧制作。马钧用不长时间果然造出了指南车，因此上至朝廷大官，下至百姓，都佩服马钧的技艺。

京城洛阳，人少地多，很多人想把荒地开垦出来种点蔬菜，可是担心没有水灌溉。马钧经过一番思考，造出了戽水车。他让童仆踩踏水车，水就会从井中不断地流出，灌溉一亩菜地，不要花很多劳力，它的效率比早先打水超过几百倍，于是戽水车一下子传开了。

有一次有人给皇帝送去一副杂技木偶，可是这杂技木偶只能作为摆设不能活动。魏明帝问马钧："可以让它活动吗？"马钧说："可以的。"魏明帝又问："能不能再改进一下？"马钧说："可以改进。"明帝就叫他改做。马钧先用大木头制作成一个轮子样的东西，放在平地上。然后在轮盘下设置各种机关，用水冲击使它转动。再在盘上安装木偶。那木偶有的跳舞，有的击鼓吹箫，有的叠罗汉，有的抛球，有的掷剑，有的走钢丝，有的翻筋斗，活灵活现。还有的木偶扮作各种官吏坐在公堂上，有的扮作农夫在春米磨粉。总之，千变万化，跟真的一样。

多才多艺的机械制造专家！

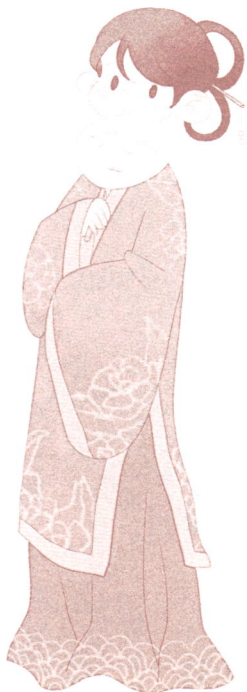

131. 猿送宝石

　　云南边境的山上，出产珍贵的玉石。但是山高且险峻，人无法直接上山，只有成群结队的猴子，来来往往，自由自在。

　　当地人习惯射箭，便用弹丸弹猴子。猴子发怒了，拾起玉石掷人。山下的人躲避。一会儿又用弹丸弹猴子，故意触怒它们，猴子又用玉石掷人。玉石有的大，有的小。

　　山下的人收捡玉石后便回家，扔掉那些劣质的，拣出猫睛石、红鹖（hé）、祖母绿等精品，色彩斑斓。获得宝石后，大伙儿又唱又跳，一路高歌。也有石块中蕴藏着玉的，当地人磨掉石质，把玉制成器具，可以高价出售。

　　巧获珍宝，几乎不劳而获！

宋濂诚实获信任

宋濂是明朝文学家。

有一天宋濂与客人在外饮酒。明太祖朱元璋秘密地派人去侦察。第二天，朱元璋问宋濂是否饮酒，在座的客人是谁，吃的什么菜肴。宋濂一一地用事实来回答。朱元璋笑着说："确实是这样，你没欺骗我。"

过了一段时间，朱元璋又召见他，问大臣中哪个好、哪个不好。宋濂只举出那些好的人回答，并说："那些好的人跟我交往，所以我了解他们；那些不好的人，与我没交往，我不了解他们。"

聪明人也是最诚实的人！

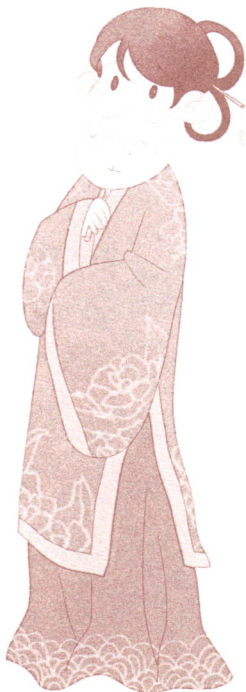

交人捕象

133.

——

交趾山中有像石屋一样的峡谷，只有一条路可进入，周围都是石壁。

交趾人要捕象，先在峡谷里放了草料与豆，然后驱赶一头驯服的雌象进入峡谷，再在路上铺了甘蔗，用来引诱野象。野象来吃甘蔗，便放出已驯服的雌象进入野象群，引诱野象进来。待野象进入峡谷后，就用大石头把峡谷口堵住。

野象非常饥饿，交人便沿着石壁扔下饲料，喂饲驯服的雌象，但不给野象吃。野象开始虽然对人有恐惧感，最终也亲昵地靠近人，希望求得食料。交人等待野象对人更加亲近时，就给它们喂食，然后用竹杖鞭打它们。

等待野象稍微驯服后，就骑在它们背上控制它们的行动。

一连串的引诱，野象终于进入圈套！

山麓之人诱捕猩猩

猩猩是野兽中喜欢饮酒的动物。

大山山脚下的人想捕捉猩猩，就在猩猩经过的路上安放了甜酒，陈列着饮器，大大小小的酒坛放在那里；又编织了草鞋，互相勾连着，放在酒坛边。

猩猩见了就知道有人在引诱自己，也知道设圈套的人的姓名及他们的祖辈，一一地斥责并谩骂他们。

然而酒的香味毕竟让它们馋涎欲滴，不久猩猩对同伴说："何不稍微尝一点呢？不过千万别多喝。"于是互相捧着小坛子尝一点，然后边骂边离去。过了些日子，捧起较大的坛子喝，又边骂边离去。像这样三次四次地喝酒，忍不住嘴巴里的甜味，就喝大坛子里的酒而忘记了会醉倒。喝醉后一群猩猩你斜着眼看我，我斜着眼看你，嘻嘻哈哈，笑个不停，取过路边的草鞋穿在脚上，互相打闹。

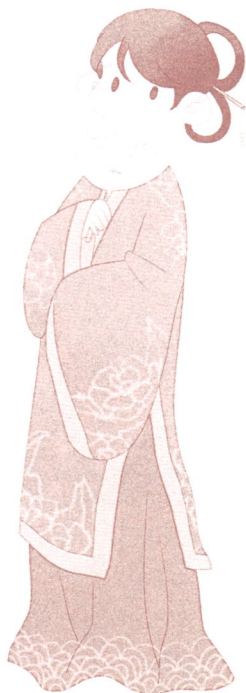

山脚下的人奔出来追赶猩猩，因为草鞋互相勾连着，猩猩逃跑时这个踩着那个，绊倒的绊倒，醉倒的醉倒，全被逮住了。

利用猩猩弱点而将其全部逮住！

135.

杨靖与猴弈

在我国西部少数民族聚居的地方，有两个仙人在山中树下下棋。一只老猴每天在树上偷看他们运子的方法，时间长了，竟也掌握了下棋运子的窍门。国中的人听说后前去观看，两个仙人便悄悄地隐去。

猴子从树上下来跟人下棋，竟没有人能战胜它。

这事传到了诸侯国国王的耳朵里，国王认为这事奇异，把它献给朝廷。皇帝便下命令征召围棋高手跟它对弈，可都不是它的对手。有人向皇帝推荐杨靖，说他是高手，但这时杨靖正关押在狱中，于是皇帝下令把他从狱中释放出来。

杨靖动了点小脑筋，他在盘子里放着几只桃子，摆在猴子前面，猴子一边下棋，一边心里想着吃桃子，无法专心落子，于是连败数局。

杨靖耍了点小聪明，猴子便心不在焉！

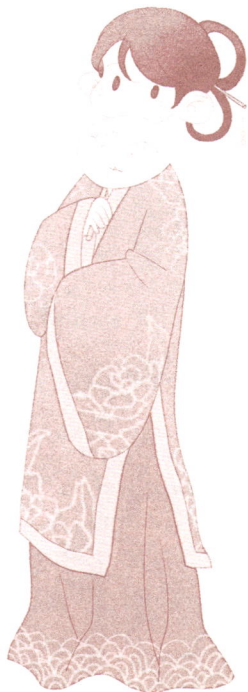

185

136.

郭德成脱靴露金

　　明太祖朱元璋洪武年间，郭德成为骁骑指挥。有一次进宫，皇上把两块黄金悄悄地放在他袖子里，并说：不要对外声张。郭德成点头答应。

　　"你只管回去，"等到出宫门，郭德成把金子放在靴子里，假装喝醉了酒，又脱下靴子，故意露出金子。守门人见了，把这事报告了皇上。皇上说："这是我赐给他的。"

　　有人批评郭德成。郭德成说："宫门一重又一重，严密到如此地步，我藏着金子出门，不是偷窃吗？而且我妹妹在宫中服侍皇帝，我进出宫中无阻拦，怎知皇上不是用这办法来试探我？"周围人听了都佩服他的谨慎。

　　行事谨慎，以防万一！

有心人陶侃

　　东晋政治家陶侃，曾担任荆州刺史。那时北方被外族占领着，陶侃时时想为收复中原统一全国出点力。可是他被人排挤到偏远的广州。

　　陶侃在广州，官府的公事不多。他每天早晨将一百块厚厚的砖头从书房内搬到室外；傍晚再将这些砖头搬进书房。人们看了都觉得很奇怪，便忍不住问他："你为什么每天把砖头搬进搬出呢？"

　　陶侃说："我人虽在广州，但心里一直想着要收复中原，如果长时期生活在安逸的环境里，一旦国家要把重任交给我，到那时怎么担当得起呢？所以我要天天刻苦锻炼。"

　　周围的人听了都很受启发。

　　几年后，陶侃调任荆州刺史。荆州地方河湖港汊特别多，运输工具主要是船，因此造船业很发达。官府造船，常常留下一大堆木屑和竹头。先前，总

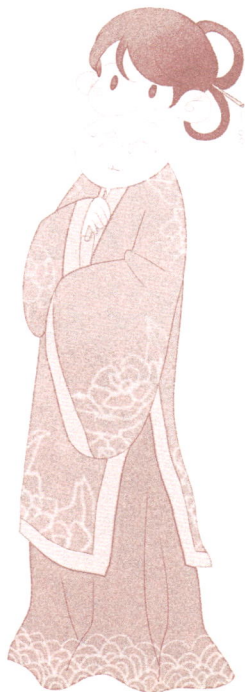

是当垃圾抛弃。自从陶侃上任后，他叫人全部收藏起来，而且记账登记好。官府里的人都不理解他的行为。

后来，有一年过春节，适逢大雪初晴，地上又湿又滑，荆州官员来拜贺陶侃时，路很不好走。陶侃便叫人将储藏的木屑撒在地上。这样，走路就很方便了。

对己自励，于公精打细算，陶公流芳千古！

文徵明作假

明朝的文徵明，精于书法和绘画，尤其擅长鉴别。

凡是当地的收藏家，有把书画请他鉴定的，即使是赝品，他也必定说："这是真迹。"有人问他为什么要这样违心。

文徵明说："凡是购买名字名画的，必定是富有人家，而出卖的人肯定到了穷困的地步，或许靠出卖字画来度日。如果因为我一句话而交易不成，那定然全家受困。我想获得一时的好名声而使卖字画的全家受累，又怎能忍心！"

善意的作假，只为了让人活命！

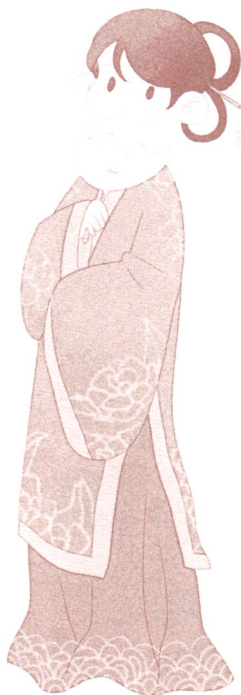

189

鲁宗道实言答真宗

宋朝的鲁宗道，主管教育。

有一天，宋真宗要召见他。使者上门，不见鲁宗道，过了不久，宗道从酒店回来了。使者要先赶回去禀报，临走时说："皇上如果责怪你去得迟，我该用什么托词来回答？"

宗道说："只管用实情告诉皇上。"

使者说："要是这样，那么你要获罪的。"

宗道说："喝酒，人之常情；欺君，这是做臣子的大罪。"随后宗道进宫拜见真宗。

真宗问："为什么要私自进酒家？"

宗道说："我家贫困，无饮酒器具，而酒店都具备。恰巧有乡亲远道而来，就邀请他们上酒店。我出门时已改穿便服，市场里也没有认识我的人。"宋真宗认为鲁宗道说话诚实，是个可以重用的人！

一件坏事，经鲁宗道处理得法，居然成了好事！

140.

石勒不计前嫌

　　石勒做了皇帝后，把故乡的长辈与朋友召到国都襄国去，跟他们一起宴饮欢乐。

　　早年石勒贫困低微时，跟李阳是邻居，多次为争夺沤（ōu）麻的池塘而打架，因此只有李阳不敢前往。石勒说："李阳是个好汉，争夺沤麻池塘是小百姓之间的怨恨。我如今已称帝，理当兼容天下之人，怎么能在乎往日的怨恨呢！"于是立刻派人招来李阳，跟他一同欢饮，而且拉着李阳的手臂说："我早先吃饱了你的老拳，你也吃饱了我的毒手。"接着石勒任命李阳为参军都尉。

　　成大事者不计前嫌！

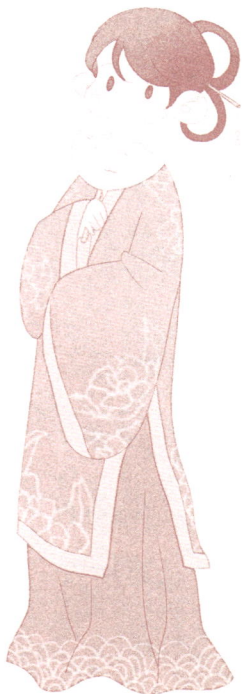

141. 望梅止渴

有一年初夏，曹操率领军队行军出征，路上找不到水源，天气炎热，全军将士口渴难耐。此时曹操灵机一动，下令说："前面不远处就有一大片梅林，硕果累累，既甜又酸，可以解渴。"士兵们听说后，个个嘴里冒出酸水，乘此机会迅速赶路，终于到了前面有水的地方。

聪明的曹操把条件反射的作用利用在行军征战中！

裴度失官印

唐朝的裴度，曾担任宰相。有一天手下人突然向他报告，说宰相的印章不见了。

裴度很平静，告诫手下人不要声张。当时他正在张乐设宴，人们都不知道其中缘故。到半夜，酒正喝得畅快时，手下人又来报告，说印章在原处找到了。裴度仍不作回答，直到宴饮结束。

后来有人问裴度，当时为什么毫不着急。裴度说："这是掌文书的官吏们偷了印章盖在书券上，不急于追究他们就会归还到原处，如果追究急迫他们便会把印章扔进河中，那么再也找不到了！"至于盗印书券，一查就会水落石出！

恰似穷寇勿追！

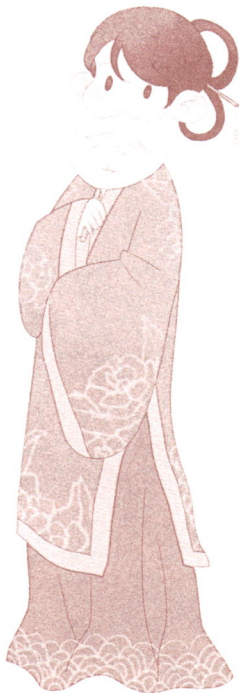

143.

唐太宗巧释公主羞

薛万彻娶了唐太宗的女儿丹阳公主。唐太宗曾对人说："薛驸马一股乡土气！"这话传到了丹阳公主耳里，她感到羞耻，好几个月不跟薛万彻同床。唐太宗听说后大笑，便摆下酒席召见薛万彻，席间要与薛万彻打赌：双方拿着长矛，谁胜了就获得对方身上的佩刀。唐太宗假装不胜，解下佩刀给薛万彻挂上，并夸奖薛万彻武艺高强。这事丹阳公主看在眼里。酒宴结束，公主十分开心，不等薛万彻上马，立刻招呼他坐在同一辆车子里回去，比早先敬爱了。

知子者莫如父，古语一点不错！

屠夫杀狼

一个屠夫晚上赶路，被狼所追逼。

他看到路边有间草棚，那是夜间耕作人遗弃的茅草棚，便奔进去蹲伏在里面。狼透过草帘子把爪子伸进去。屠夫紧紧地抓住狼爪，不让它离去，但一时没办法杀死狼，转念一想，他身上有把不满一寸的小刀，就割破狼脚爪上的皮，用吹死猪的方法吹狼。用尽力气吹了不多时，发觉狼已不能活动，然后用带子缚住狼的脚。

屠夫走出草棚一看，只见狼肿胀得如牛，腿直挺挺的不能屈伸，嘴巴张得大大的合不起来，就背着狼回家。啊，要不是屠夫，谁能想出这杀狼的办法！

经验加上机灵，屠夫终于杀死恶狼！

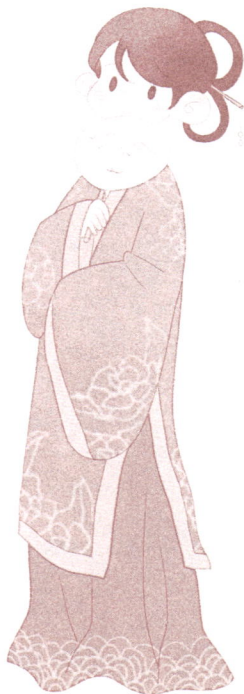

文彦博安定人心

有人向宋仁宗进言，请求废除陕西的铁铸钱币。朝廷虽然未同意，但乡里人都已知道这事，于是人心惶惶，争着要用铁钱购买物品，让它赶快脱手。商家不肯收受铁钱，于是长安城街头一片混乱，好多商铺临时歇业。

当时文彦博任宰相，下属请求他禁止使用铁钱。文彦博说："这样会更加使百姓迷惑，市场会更混乱。"于是招来丝绢行业的人，让他们拿出数百匹丝绸出售，并且说："只收铁钱，不收铜钱。"

这下百姓都知道铁钱不会废除，市场也恢复了平静。

安定人心最重要！

146. 杨琎巧惩中使

　　杨琎（jìn）出任丹徒县县令。适逢中使到浙江巡视。他每到一个地方，就把当地郡太守或县令扣留在船中，获得贿赂后才放人。

　　中使将要到丹徒。杨琎早已知道中使勒索的事，于是选两个善于潜水的人，让他们穿戴着老头儿的衣服帽子，先赶去迎接。中使大怒，说："县令在哪儿？你们这般人敢来拜见我！"叫身旁的人把他们抓起来。那两人立刻跳进江中，潜水逃走。

　　不久，杨琎慢悠悠地到达，对中使谎称："听说你把两个人赶进江中淹死了。如今是圣明的天下，法令严肃，死了人怎么办？"

　　这下中使害怕了，立刻行礼道歉而离去。之后中使经过其他郡县，再也不敢放肆地敲诈勒索了！

　　"巧"在扮演老头，"惩"在不得敲诈勒索！

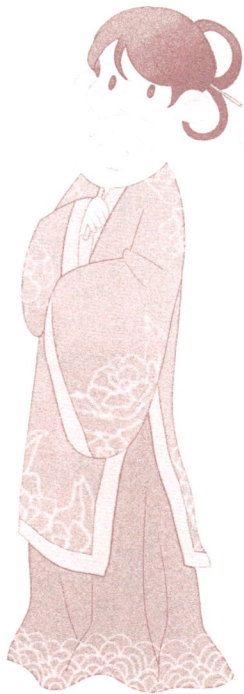

卓文君卖酒

　　汉朝的卓王孙是临邛（qióng）巨富，他的女儿叫卓文君，才貌双全，出嫁后不久丈夫死了，于是回娘家守寡。

　　有一天卓王孙设宴招待县令及名士，文人司马相如也去了。司马相如与卓文君一见钟情，随后她竟跟着司马相如私奔去了成都。可是生活贫困，家徒壁立。对于女儿的私奔，卓王孙大为恼怒，一文钱也不给她。

　　司马相如与卓文君商量，仍旧回到临邛，卖掉了车马，开了家小酒店卖酒，让卓文君在柜台边卖酒，自己则穿着围裙跟雇工一起洗碗洗碟。卓王孙听说后感到羞耻——司马相如也正要让他有这种感觉。没办法，卓王孙就送给女儿卓文君一百个仆人及一百万钱币。于是他俩成了富人，再回到成都。

　　吃准岳父的心理，由穷变富！

杨云才修建城墙

　　杨云才有很多小聪明，每当有什么建筑方面的事，只要略微给他一点提示，人们也不知道他怎么干的，等到事情结束，才佩服他的精妙。

　　他曾经在荆州任郡太守的助理。有一年郡治的城墙要改造拓宽，当时上司拨下来的钱币与粮食数目已确定，然而不久上司又发下紧急公文，想要把城墙再扩大二尺左右。监司跟太守商量，想在原来拨款的数目上再增加一点。

　　杨云才说："我有另外打算，不必再麻烦上司多花一文钱。"

　　第二天他坐车赶到制砖的地方，要求商家拿出制砖的模子给他看。杨云才看后，生气地说："这砖模不好！"当场敲碎了，然后拿出自己制作的模子交给对方，说："只管按照我的模子做！"大家看他的模子，似乎跟早先的没什么两样。其实杨云才暗中把砖的厚

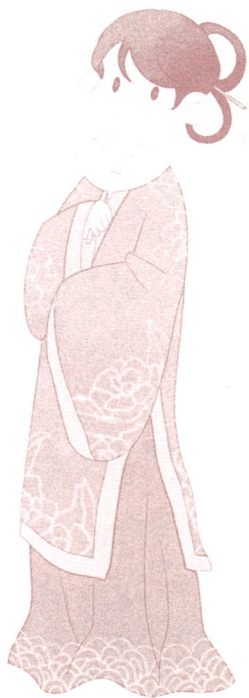

度增加了约二分，如果堆积起来能够达到城墙扩大的要求。

城墙改建扩展工程完成后，他说出其中缘故，监司十分佩服他。

杨云才耍了点小聪明——既不增加拨款，又按规定拓宽了城墙！

楚庄王恕引美人衣者

楚庄王大摆宴席招待大臣们，命令美女给大臣们斟酒。天晚了，酒喝得畅快时火把灭了，有人乘机悄悄地拉美女的衣裳。美女一把扯断了那人系扎官帽的带子，然后催促点火照看对方。楚庄王目睹这一幕，却阻止点燃火把，说："干吗为了显示女人家的贞节，而要侮辱我臣下！"又说，"今天大家跟我共同欢乐，不扯断官帽带子的人不算尽兴。"于是群臣纷纷扯断官帽带子，然后点燃了火把，宴会在极其欢乐的气氛中结束。

后来楚国与郑国发生交战，楚军包围了郑国，有一个人经常冲锋在前，五次交锋五次斩杀了敌将，郑军吓退了，楚军最终获胜。

楚王派人询问那人是谁，原来是那夜宴会中被美女扯断官帽带子的人。

大敌当前，不计小过，能饶人处且饶人！

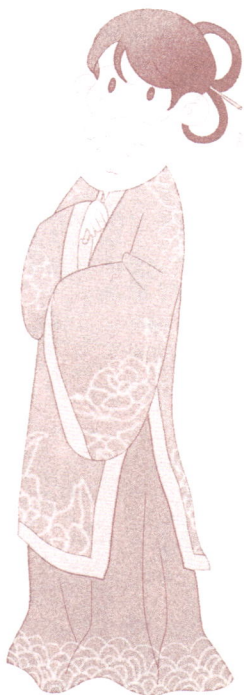

孔子褒贬有道

　　鲁国的法律规定：鲁国人在其他诸侯国做奴仆或婢女的，如果有人能把他们赎回来，可以到国库里领取赏金。

　　孔子的学生子贡从诸侯国里把鲁人赎回来了，却推辞赏金。孔子知道后说："子贡错了！聪慧贤德的人做事，能移风易俗，这种行为可以影响百姓，不仅仅适用于自己的行为。如今鲁国富裕的人少而贫穷的人多；领取赏金对自己的行为毫无损碍；不领赏金，那么不会再有人去赎人了！"

　　孔子的学生子路曾经拯救过溺水的人，那人把一头牛给了子路作为感谢，子路接受了。

　　孔子知道后很高兴，说："从此以后鲁国必定会有很多人愿意拯救溺水的人了！"

　　孔子说得对：奖励见义勇为的人可以移风易俗！

溺鼠

——

老鼠喜欢在夜间偷吃粮食。有人把粮食储存在坛子里，老鼠发现后放肆地吃，并且呼唤同伙跳进坛子里吃。大约一个月，坛子里的粮食将要吃完，主人发觉后对此十分忧虑。有人教给他一个方法，用糠换掉粮食，然后盛满水，让糠浮在水面上。这天夜里，老鼠又来偷吃粮食了，兴高采烈地跳进坛子，没料到全部淹死。

小智慧，大收获！

152. 南人捕雁

雁投宿在江河湖泊的岸边，往往成百上千，领头的栖息在中间，让雁奴在四周作警戒。

南方专门有人捕捉雁。他们等到天色阴暗，或没月亮的时候，把点燃的蜡烛隐藏在瓦罐里，然后拿了棍棒，悄悄地前往。快要接近雁群时，只稍微举起烛，又马上把它隐藏起来。雁奴见光亮，立刻惊叫，领头的雁也惊醒。过了一会儿，发现没动静，便平静下来。捕雁的人又举起烛，雁奴又惊叫，像这样连续三四次。领头的雁认为雁奴在谎报"敌情"，很是恼火，于是啄雁奴。

捕雁的人慢慢地逼近雁群，再举起烛，雁奴害怕被领头再啄，因此不敢再惊叫。于是捕雁的人高举烛火，拿着棒，一齐闯入雁群，轻易地打死了很多雁。

南人在雁群中制造"反间计"！

王烈义行

　　东汉的王烈，表字彦方，是太原地方人，因为常有仁义的举动，所以被人称赞。当地有个偷牛贼，被主人抓住了。小偷认罪，却说："我甘愿受刑罚，只求不要让王彦方知道。"王烈听说这事后，派人去向他感谢，并且送上一匹布。有人问王烈，为什么要这样做？王烈说："小偷怕我知道他干的丑事，这说明他还有羞耻作恶的心。既然有羞耻作恶的心，就必定能改过成为好人，我送一匹布，是为了激励他改过自新。"

　　后来有个老人在赶路中丢了一把剑，有个过路人见了就蹲守在那里，直到傍晚，老人回原路找到了剑。老人感到奇怪而问对方姓名，对方不声不响走了。

　　老人把这事告诉了王烈，王烈派人查问，原来是早先偷牛的人。

　　"拉一把"与"推一把"，虽一字之差，结果天壤之别！

154. 吕陶拆田产

铜梁当地，有户姓庞的人家，父母早亡，姊妹三人隐瞒了年幼弟弟的田产。弟弟成年后，发觉了这事，就向官府告状，但官府未给他伸张正义。他过着十分贫穷的生活，甚至给人做奴仆。吕陶做了铜梁县令后，弟弟又去告状。

吕陶把三姊妹叫去，一次审讯就服罪，她们同意归还弟弟应得的田产。

弟弟边哭边跪拜，感谢吕陶，同时愿意拿出田产的一半捐给寺庙作为报答。吕陶告诉他说："三个姊姊都是你的同胞，当时你年幼，要不是她们给你作主，田产很可能被他人侵占去了。与其捐米供佛，还不如把那一半分给姊姊。"弟弟觉得吕陶说得对，就听从了县令的建议。

如此拆田产，使一家人和好如初！

差役诲中丞

宋朝御史台有个老差役，一向为人刚直，因主持正道出了名。每当御史有了过失，他就把手中的棍子竖得笔直。御史台中把老差役是否竖直木棍作为事情做得对与错的验证。有一天御史中丞范讽要招待宾客，他亲自告诫厨师如何制作食品，一而再、再而三地叮嘱；厨师离去后，他又呼唤厨师回来，再叮咛告诫。

范讽突然回头见老差役竖起木棍，感到奇怪而问他。老差役回答说："一般说差遣别人做事，教给对方方法，要求对方完成任务就可以了。如果没按规定做到，便给以规定的处罚，何必要唠叨个不停呢？如果让你主管天下，岂能对每个人作告诫！"范讽听了，感到既羞愧又佩服。

领导处事，就该按老差役说的办！

156.

疏广不留遗产害子孙

汉宣帝的老师疏广年老告退，皇帝重金赏赐。

疏广回乡后，每天叫家人供应酒食，请宗族亲人、老朋友及宾客，吃喝娱乐。他一再问还剩下多少金银，一边又催促家人准备美酒佳肴。

过了一年多，子孙悄悄地对疏广的兄弟以及他所喜欢的信任的人说："子孙们希望趁他在世时多购置些产业。如今每天支出极大，钱财将会耗尽。请速去他那儿，劝他多买些田地房屋。"于是一批老人就在疏广空闲时对他说了子孙的想法。

疏广说："我难道是老糊涂了而不为子孙考虑吗？只是我家本有旧的田地房产，让子孙辛勤管理，足够用来供吃穿，跟普通人家一样。如今要是再给他们增添多余的财产，只会让他们懒惰罢了。有才能的人多添了财产，就会减损他们的志向；愚笨的人多添了财产，就会增加他们的过错。况且富有的人，是百姓怨恨的对象。我已经缺少教育子孙的方法，不想再增加他们的过错或招来怨恨。再说，这些金银，都是皇上给我养老的，所以乐得与乡亲宗族共同享受，用来度过我的余生，不是应该的吗？"

于是家族人员心悦诚服。

不留财产害子孙，疏广高见！

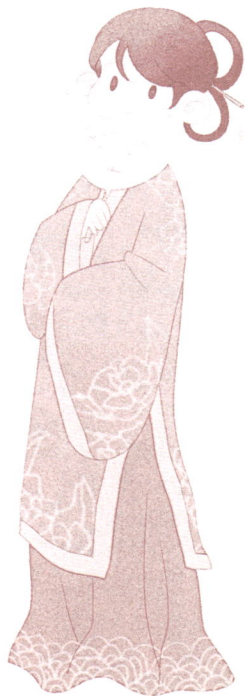

王长年智斗倭寇

福建有个姓王的人，不知道他的名字。因为古代撑船的人叫"长年"，所以人称王长年。王长年从小胆大有勇气，在海上捕鱼。

明朝嘉靖年间，倭寇靠近福州大肆掠夺，王长年被他们抓获，并挟持到船上。船上倭寇有五十多人，同时被抓去的男女有十多人，掠夺去的财物珍奇不知其数。

倭寇有船数百艘，当天扬帆而去。王长年被抓住后，不时地用好言好语讨好敌人，因此倭寇头领亲近他、信任他。因为被掳的男女已在船上，所以倭寇给他们解脱了捆绑的绳子，不再提防。王长年趁空对一同被俘的人说："你们想回去吗？只要能听从我的计谋，将帮助你们回家。"大家都哭着说："很好！有什么计谋呢？"王长年说："敌人的船快要到日本国了，不会防备我们，现在幸亏东北风大，如果能让敌人喝醉酒，夺下他们的刀，把他们杀光，便可调过船头鼓足帆驶回去。这机会不能失去。"大家说："好的。"

　　适逢敌船在夜里抛锚停航，于是共同定下计谋。王长年叫妇女们鼓励倭寇喝酒。倭寇估计已靠近家园，很开心。妇女们又轮番唱娇媚的曲子，不停地劝酒。倭寇欢呼跳跃，喝得酩酊大醉，纵横相枕而卧。妇女们乘机收了他们的刀出来。王长年手拿大斧，其余的人拿着刀，砍的砍杀的杀，把五十多个倭寇全部杀光，接着马上斩断缆绳起航。旁边的敌船发觉后追上来。王长年及同伴用船上装载的瓷器杂物奋力还击，打死一个头领。王长年本是撑船高手，稳稳地驾着船，倭寇怎么也追不上。

　　他们日夜乘风张帆，很快到达福州后上岸。

　　好一个智勇双全的无名英雄！

解缙敏对明成祖

　　有一天，明成祖朱棣对解（xiè）缙说："你知道昨天夜里宫里有喜事吗？你可以作一首诗。"解缙刚吟出第一句："君王昨夜降金龙。"成祖立刻打断他的话："不对，是生了个女儿。"解缙马上说："化作嫦娥下九重。"成祖又说："已经死了。"解缙接口说："料是世间留不住。"成祖说："已投入河中了。"于是解缙用"翻身跳入水晶宫"一句结束。明成祖本想用谎言刁难解缙，不料解缙对答如流。成祖听了解缙的诗，非常佩服他敏捷的才思。

　　对答如流！

纪晓岚释「老头子」

　　清朝的纪昀，字晓岚，是个著名的文史学家。他身体肥胖，每到夏天常汗流浃背。当时他在宫内南书房任职，进入值班房间，就赶快脱衣纳凉。

　　乾隆皇帝知道这事情后，有一天故意要戏弄他一下。

　　那天纪昀跟同僚们都赤着膊正在谈笑风生，乾隆皇帝突然进去，其余人马上披上衣服，纪昀因眼睛近视，等乾隆到他身边时才发觉，可是已来不及披衣，只得急忙爬到御座下躲起来，连气都不敢喘。

　　乾隆在御座上坐了两个多小时不说话也不走。

　　纪昀闷热得实在熬不住了，伸出头来偷看，并问道："老头子走了吗？"乾隆笑了，周围的人也闷笑。

　　乾隆说："纪昀你无礼，为什么说这等轻薄的话！有解释就原谅，没解释要杀头！"

　　纪均说："我没穿衣。"乾隆便命令太监给他穿上

衣服。

纪昀伏在乾隆面前。乾隆高声问："'老头子'三字怎么解释？"

纪昀不慌不忙地摘下帽子，叩头谢罪说："万寿无疆叫作'老'（长寿）；顶天立地叫作'头'（至高无上）；父天母地叫作'子'（天子）。"乾隆听了很开心。

难不倒铜牙铁齿纪晓岚！

逾淮为枳

晏子将要出使到楚国去，楚王听说了这事后，对周围的人说："晏婴是齐国能说会道的人，如今正要来，我想侮辱他，用什么办法呢？"

楚王周围有个人回答说："在他到达的时候，我请求捆绑一个人，在大王前面经过。大王问：'他是干什么的？'我回答说：'他是齐国人。'大王问：'他犯了什么罪？'我回答说：'犯了盗窃罪。'"

晏子到了，楚王请晏子饮酒，正喝得畅快时，两个小吏捆绑着一个人经过楚王前。楚王问："捆绑的人是干什么的？"回答说："是齐国人，犯了盗窃罪。"楚王看看晏子，说："齐国人本性善于盗窃吗？"

晏子离开座位回答说："我听说过下面的事：橘树生长在淮南就结出橘子，生长在淮北就结出枳，仅仅叶子相似，可它的果实味道不同，所以会这样那是

什么原因呢？水土不同啊！如今那人生长在齐国不偷盗，一进入楚国就偷盗，莫非楚国的水土让人善于偷盗吗？"

楚王苦笑着对周围的人说："我们是不能跟圣人开玩笑的，如今自己反讨个没趣。"

一个极准确通俗的比喻击败了楚王的挑衅！

周玄素巧对宋太祖

宋太祖召见画工周玄素，让他在宫殿墙壁上画"天下江山图"。周玄素回答说："我从未遍游全国，不敢奉命作画。希望皇上画个草图，我在上面加点色彩。"宋太祖拿起笔，大笔一挥，一会儿就大体画成了，命令周玄素加工润色。周玄素对皇帝说："皇上山河已确定，怎可以稍加改动！"宋太祖笑了，认为玄素说得对！

原本是一件进退两难的事，周玄素处理得天衣无缝！

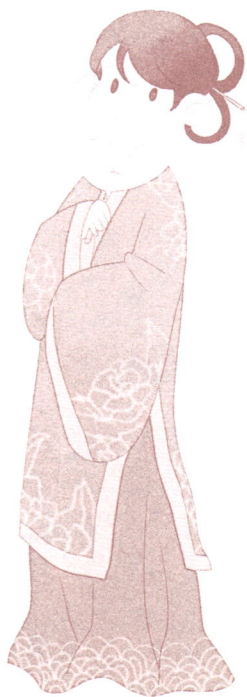

孔子马逸

162.

———

　　孔子坐着车出行，累了，休息一会儿，不料驾车的马逃跑了，去吃人家的庄稼。那农夫扣留了孔子的马。孔子的学生子贡前去求情，说完一番话，农夫不听，不肯放马。有个粗汉给孔子干活不久，他说："让我去说服他。"粗汉对农夫说："你不可能到东边去种地，我不可能到西边来耕田，我的马来到这儿，怎能不吃你的庄稼呢？"那农夫听了很高兴，对粗汉说："说话就要这么直截了当，怎么能像刚才那人说得拐弯抹角呢？"于是解下马给了粗汉。

　　说话要看对象！

县官智断撞车案

有个贵公子驾车出游，他不停地挥着马鞭，车子飞一样地奔驰，一路上炫耀，说他的马车轻快。然而正在得意时，与迎面驶来的五马大车相撞，只听见呼的一声，贵公子跌倒在车前，那大车是商人的。

贵公子倚仗父兄有权势，便告状到县衙，说那五马大车撞了他。县官是个正直的人，他了解了事情的经过后说："要是大车果真撞了小车，公子应该向后仰跌，如今公子向前扑倒，分明是小车撞了大车。"县官判定贵公子有错，出钱为商人修车。贵公子无话可辩解，最后只得愤愤而归。

这县官有点物理知识，因此案件迎刃而解！

164.

李惠拷打羊皮断案

有两人同行：一个人背着盐，另一个人背着柴草。因为天热，他们走了一段路后便放下所背的东西，在树荫下休息。坐了一会儿，又准备上路了，可是为了一张羊皮发生了争执。他们都说那羊皮是自己垫背的，争论不休，最后一起到官府告状。当时雍州刺史李惠受理了这个案子。他对手下人说："拷打这张羊皮可以知道真正的主人吗？"手下人对李惠的发问感到莫名其妙，都无话可答。李惠让争夺的双方出去，叫人把羊皮放在席子上，然后用棍棒拷打，只见稍微有些盐屑散落出来。李惠说："我掌握实情了！"他叫争执的双方进来。背柴草的一见散落的盐屑，当场趴在地上认罪。

找到证据，谁敢不服罪！

钱若赓断鹅

明朝万历年间，钱若赓在临江做知府，政绩很突出。

有个乡下人带着一只鹅进城，因为有别的事，便把鹅寄放在店里。等他办完事回到店里找鹅时，店主却赖掉了，说："这群鹅都是我自己的。"乡下人没办法，只得向临江府告状。

钱若赓便派人到店中取鹅验证 —店里共四只鹅。鹅送到府里后，钱若赓把它们放在大堂的四个角落，分别发给它们笔墨纸砚，命令鹅招供。

在场的人无不惊讶，鹅怎么会招供呢？

钱若赓自己则退堂用餐去了。一会儿他派人问鹅招供了吗？看守的人说："没有。"又过了不多时，他自己出来，走进大堂观察鹅的情况，说："已经招供了。"于是指着一只粪色青的鹅说："这是乡下人的。"原来乡下人养的鹅吃野草，屙的粪是青色的，而店主

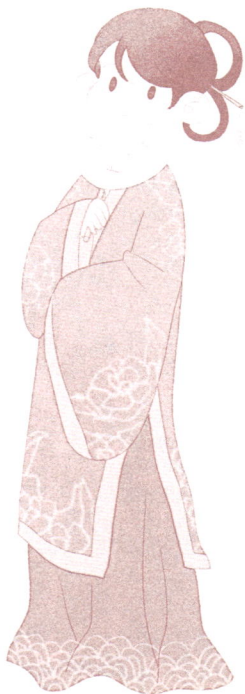

养的鹅吃谷子，屙的粪是黄色的。

这下店主只得认罪。

全凭生活经验！

杨振中讲中国智慧故事·女孩版

陈述古辨盗

陈述古在建州浦城县做县官时，那里有家富户失窃，差役拘捕了好几个人，但无法确认谁是真正的窃贼。

陈述古谎称说："某寺庙里有一口钟，极其灵验，能分辨窃贼。"于是派人把钟迎来，放在衙门后面的楼阁里供奉。

不久，他带着嫌疑犯站在钟前，告诉他们："这钟如果不是小偷去摸它，不会发出声音；若是小偷，摸上去就会发出声音。"

陈述古亲自率领下属庄严地向钟祈祷，祭拜结束后便用帷幕把钟遮起来，接着暗地里派人用墨涂在钟上。

过了些时间，叫嫌疑犯逐一进去摸钟。疑犯从帷幕中出来时检验他们的手掌，都有墨痕，只有一个无墨痕，这就显露出了真正的小偷——因为那小偷担心

摸钟后会发出声音，便不敢去摸。

经审讯，那人只得认罪。

用心理战破案！

李亨破窃茄案

李亨任鄞（yín）县县令。村民中有个以种菜为职业的人，茄子刚熟，邻居偷后在市场里出售。那菜农追过去把茄子抢夺过来。各说各有理，于是两人一同向县官告状。

李亨把茄子倒在大厅前的院子里，茄子有大有小。李亨笑着对那邻居说："你是真正的小偷。"那邻居还想强辩，李亨说："如果真是你的茄子，怎肯在刚熟的时候连小的茄子一并摘下来呢？"

那邻居只得认罪！

李亨从反常的情理中判定邻居是小偷！

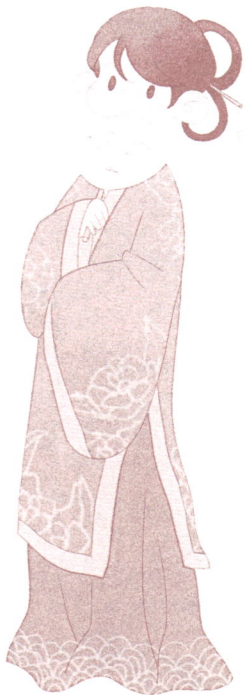

168.

欧阳晔在鄂州做地方长官的时候，当地有人因为争夺船只打架而造成死亡，案件拖了很久无法判决。

一天，欧阳晔亲自到监狱，让嫌疑犯坐在院子中间，脱去脚镣手铐，给他们吃的喝的，安慰一番后又让他们回到牢房。只留下一个嫌疑犯在院子里，那个被留下来的脸色突变，且惊慌得向四周张望。

欧阳晔说："你是杀人犯！"那人装作一无所知的样子。

欧阳晔说："我看到所有吃饭的人都用右手拿筷子，只有你一个人用左手拿筷子。如今被打死的人伤在右肋骨。不是你又是谁？"那囚犯哭着认罪。

生活常识帮助欧阳晔识破疑案！

赛跑露真相

有个老妇人夜间在路上被人抢劫，她高喊"捉强盗"。过路人帮助她追赶强盗，最终逮住了，然而那强盗反诬路人为抢劫犯。当时天黑，搞不清谁是真正的坏人，于是把他们一同送进官府。

县令符融了解情况后说："这事好办，可以让他们两人同时奔跑，先奔出凤阳门的就不是强盗。"不久两人先后回到衙门，符融表情严肃地对后出凤阳门的人说："你是真正的强盗，为什么还要诬陷他人？"那抢劫犯只得低头认罪。

大概因为强盗如果善于奔跑，那天夜里一定不会被逮住，由此推知不善于奔跑的人是抢劫犯。

这办法简单而实用！

瞎子偷铜钱

一个瞎子和一个小贩同住在一家旅店里。第二天一早，小贩惊叫起来，说五千个铜钱不见了。伙计赶来跟他一同搜查，发现铜钱在瞎子的包裹里。

可是瞎子说，那钱是他自己的。两人争论不休，于是只好到官府去解决。县官立刻提审。县官问小贩："你的钱上有没有特别记号？""没有。"小贩说，"这是天天要用的东西，谁会去做记号呢？"县官问瞎子，瞎子说："我有记号。我的铜钱都是正面对正面、背面对背面穿起来的。"县官叫人将铜钱拿过去验证，果然不错。然而小贩痛哭流涕，一再说这是他做生意的本钱。县官眉头一皱，他想这是一夜之间发生的事，要是真是瞎子干的坏事，一定会留下痕迹。他突然对瞎子说："你把手伸出来。"瞎子一愣，不知县官是什么用意。他把手一伸，公堂上的人都清清楚楚地看见他两手沾满了青黑色的铜

228

绿——这分明是用手摸索了一夜把铜钱穿成面对面、背对背的。瞎子的诡计被县官识破了，他受到了责罚，把钱交还给了小贩。

有了相关证据，瞎子赖不掉！

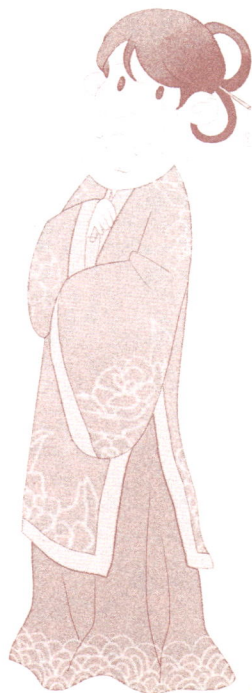

229

171.

张鷟放驴得鞍

唐朝的张鷟（zhuó），担任河阳县的尉官。有个旅客骑的驴子缰绳被人斩断，连同驴鞍都失窃了。经过三天查访，仍无线索，只得到县衙门报案。张鷟作为管理治安的县吏，对这事抓得很紧，要求彻底追查。小偷慌了，便在夜里把驴子悄悄放出来，可仍藏着驴鞍。张鷟说："这就可以知道小偷在何处了。"他下令不给驴子喂饲料，让他饿极，然后撤去缰绳，放走驴子。驴子便向昨夜喂料的地方寻去，差役暗暗地跟着，果然在那户人家的草堆下搜到了驴鞍。

人们都佩服张鷟的智谋。

纵驴得鞍，张鷟的好主意！

程颢辨龄察奸

宋朝时，晋城县里有个姓张的小财主。他父亲死后不久，一天清晨，有个老头儿上门来，说："我是你的亲生父亲，现在想来跟你一块儿生活。"接着他一一讲述了事情的由来。

姓张的感到既惊讶又疑虑：事情是真的还是假的呢？没其他办法，他只好跟老头儿一同到县里去请县官判别。

晋城县县官是当时有名的学者程颢（hào）。老头儿对程颢说："我早年出门行医，以给人治病来谋生。老婆生了儿子，家里穷养不活，就给了姓张的人家。"老头儿还说是某年某月某日托某人抱去的，有人亲眼看到。

程颢问："事隔多年，你怎么记得这样清楚？"

老头儿说："孩子送给张家的事，我是行医回家后知道的，当时立刻写在处方簿的末尾。"说罢，他从胸

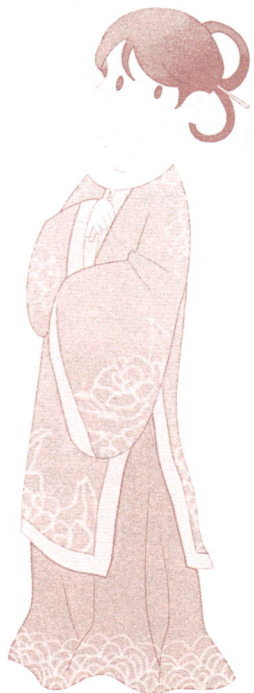

怀里掏出处方簿给程颢看。那上面的确写着某年某月某日，由某人把小孩抱去给了张三翁。

程颢一看，发现有矛盾，问姓张的小财主："你今年几岁？"回答说："三十六。"程颢又问："你死去的父亲今年几岁？"回答说："七十六。"程颢对老头儿说："这个姓张的出生时，他的父亲才四十岁，村上的人有可能称他'三翁'吗？"一句话就把老头儿的骗局戳穿了。

老头儿惊慌失措，只得低头认罪。

一个细小的情节被程颢抓住了漏洞！

焚猪显真情

这事发生在距今一千七百多年前的吴国。

有一天，句章县衙门里来了几个农民打扮的人，说要告状。县官张举问他们告什么状。他们说某村有一户人家，昨天男的被大火活活烧死，但从尸体上看，可能是件谋杀案。来告状的是死者的亲属。

张举命公差将死者妻子押到公堂，盘问再三，那妇女始终说丈夫是因火灾烧死的。火烧的那段时间，她不在场，所以详细情况不得而知。

这似乎是一桩无头案。

张举想，一个被火活活烧死的人和一个死后被罪犯纵火企图毁尸灭迹的人是两样的。于是他叫人牵来两头猪，一头当场杀了，一头是活的，再将这两头猪扔进草堆，四周堵住，然后点火燃烧。结果发现，活活被烧死的那头猪，嘴里有灰，而早先杀死的那头猪嘴里没有灰。这道理很简单，活活烧死的那头猪因为

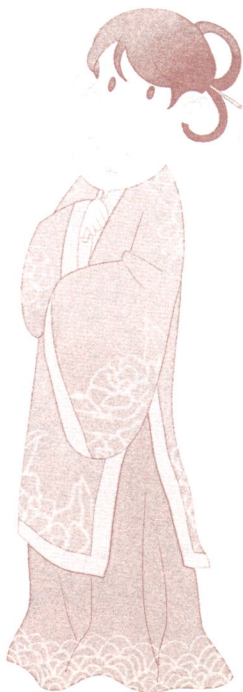

着火后乱奔乱撞，大呼大叫，嘴里就吸进了很多柴灰，而另一头就不会有这种现象。

根据上述结论，张举带着那妇女去察看她丈夫的尸体，发现死者的嘴里没有一丝柴灰，这就断定是谋杀案。经再三审讯，那妇女承认是她害死了丈夫后点火烧屋的。

古代断案少科学手段，如此"实验"已很不容易！

吉安老吏献计

　　吉安有富家娶媳妇，有个小偷乘人多杂乱时混进新房，潜伏在床底下，等机会在夜间偷窃。没料到新婚夫妇连续三夜点燃烛光通宵达旦。那小偷饿得心慌，突然奔出来，结果被主人家抓住，押赴官府。

　　县官审问，小偷说："我不是小偷，是医人。那媳妇有怪病，让我跟随她，经常给她用药！"县官一再追问，那小偷把媳妇家的情况说得很详细，原来他是潜伏在床下时从新婚夫妇那里听来的。

　　县官相信了小偷，便抓来媳妇作证。那富家不肯让媳妇作证，免得出丑。县官不同意，富家只好请老吏想办法。

　　老吏对县官说："那媳妇刚嫁人，不说官司胜与败，至少羞辱极大，哪有在新婚之夜让人在床底下偷听的。我看那小偷从新房里突然奔出，必定不认识那媳妇，如果用其他女子出庭作证，小偷要是一把抓住

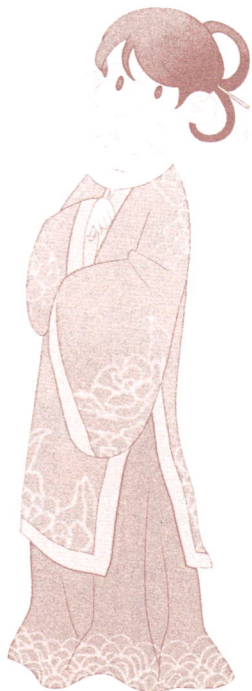

她求救，可以断定他在胡说。"

县官说："行。"

于是挑选了一个歌舞女子，让她穿上华丽的服装，用轿子抬进官府。那小偷一见，立刻高喊："是你请我治病的，竟将我看做小偷抓起来！"

县官大笑，果然是小偷在胡编乱造。

老吏智谋胜县官！

程颢断藏钱案

宋朝的程颢（hào）曾任户县主簿。民间有人借其兄的宅子居住，后来发现宅下藏有钱币。于是租屋的人与其兄的儿子发生了争执。租屋的人说是他埋在下面的，其兄的儿子说是他父亲藏着的，于是告状到县衙门。

县令说："双方都没有证据，这案件怎么决断？"

程颢说："这容易分辨的。"

于是程颢问其兄之子："你父亲藏的钱有多长时间了？"回答说："四十年了。"又问："对方租你的屋有多少年了？"回答说："二十年了。"

程颢立刻派差役去取了十千铜钱观察，然后对租屋的人说："如今官府铸某种钱币，不超过五六年就天下通行了，这些钱都是你未藏钱之前几十年所铸的，怎么解释呢？"

那租屋的人不得不服罪。

正面审问定然毫无结果，侧面推断，真相大白！

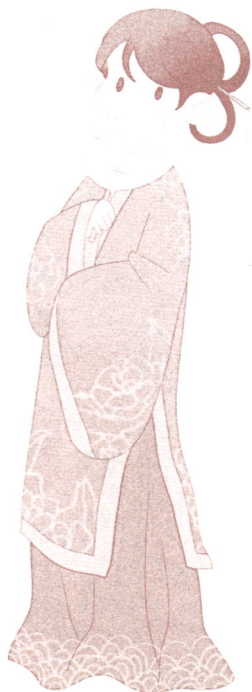

杨武善用心理战

　　清朝的杨武，任淄（zī）川县县令，善于用奇妙的心理战审案。

　　当地有人偷窃米店里的米，寻访并未发现嫌疑人。杨武抓了米店老板的邻居数十人，要他们跪在院子里，自己却随意地去处理其他事了。一会儿突然高声说："我发现了偷米的人！"其中有一个人神色惊慌了好久。杨武又高声说了一遍，那人又显得很惊慌。杨武指着他说："第几行第几个人就是偷米的？"那人因为心虚，便认罪了。

　　又有一个偷人家瓜的人，那夜大风大雨，偷的人连藤与根一同拔起。杨武怀疑一定是仇人干的，于是叫人把偷瓜人的脚印取来，然后在大厅上铺了灰，将村里年轻力壮的人抓来，要他们在灰上走过，说："跟那脚印相同的便是盗贼！"其中最后一个人徘徊不前，面有难色，而且呼吸急促。杨武把他抓起来审问，果然是仇人，而且瓜藤还在家中。

　　还有一个赶路的人，在路边枕在石头上睡着了，布袋里一千钱币被人偷走了。杨武叫人把那石头抬到大厅上，用鞭抽打石头数十下，而且允许所有人来观看。同时，他派手下人悄悄地在大门外守候，若有人偷看而不进入衙门的就逮住他。果然抓住了那个偷钱的人——他听说抽打石头，觉得十分奇怪，不敢不来，但又怕进衙门。

　　杨武问他钱在哪里，说已花去十文，其余的还给了路人。

　　如今的司法人员也常对疑犯察言观色，进而追查实情！

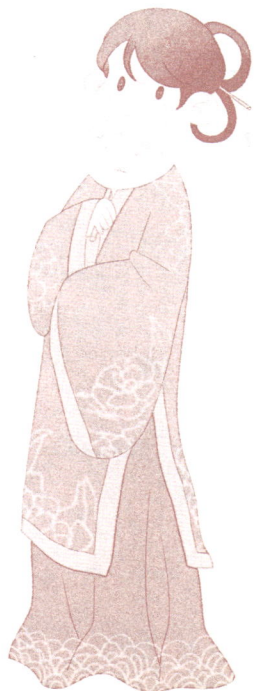

一
句
话
断
案

宋朝魏应任徽州司理时，遇到一桩蹊跷的案子。

有甲乙两个人，约定在凌晨五更时乙去甲家会面，然后一同远行。乙如期前往。可到鸡鸣时，甲前往乙家呼唤乙的妻子，说："早就约定在五更时见面，现在鸡已啼过，怎么不见人？"乙的妻子说："早就出门了。"甲与乙妻一同回到甲家，仍不见乙。一直到天亮，到处寻找乙的踪迹，后来在一片竹林中发现一具尸体，正是乙。他随身携带的钱财统统不见了。乙妻悲伤地大哭，对甲说："你杀了我丈夫！"就把甲告上法庭，然而案件久拖不决。

府中有个小吏问甲："乙跟你约定时间出发，乙没准时到，你上乙家，只应唤乙，你为什么不唤乙，却要唤他的妻子，这表明是你杀了她丈夫！"甲顿时语塞。

仅仅一句追问，案件就真相大白。

行动反常露马脚！

叶南岩息讼宁人

　　叶南岩任蒲州刺史时，当地有发生群殴而向州府告状的，只见一个满面流血，受过重伤，脑袋几乎裂开，快要死了的人被抬进衙门。

　　叶南岩见状，很同情伤者，当时家中有刀伤药，于是马上起身进入内室，亲自捣药，并叫人把受伤的人抬进大厅，托付谨慎忠厚的差役及官吏看护，说："好好看护他，不要再让他受风寒。这个人如果死了，你们的罪责难逃！"同时不准家属接触伤者。随后经过略微审问核验，把仇人关押起来，其他人都一律释放。

　　有个朋友问叶南岩为什么要这样做，叶南岩说："凡是有人争斗总是因为没好的心态，这重伤的人若不马上救护，必死无疑。这人死了，对方就要抵命，那么妻子就成了寡妇，子女就成了孤儿，再加上求证牵连，绝不止一个家庭家破人亡。要是这伤者痊愈了，

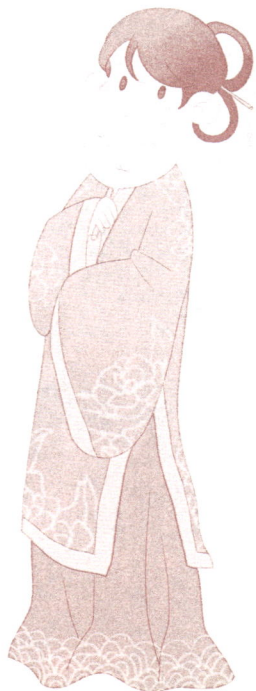

那仅仅是一件斗殴事件罢了。"

没过几天，受伤的人痊愈了，诉讼也平息了。

叶南岩以人为本，通过调解息事宁人，若在如今也不失为一个好法官！

争子案

陈祥任惠州太守，郡里有户人家把两个女儿嫁给相邻的两户人家。

姊姊一直没怀孕，而妹妹有一天却生下一个儿子，恰巧那天姊姊丈夫的小妾也生下一个孩子，是女的。姊姊谎称小妾生的也是男孩。当天夜里姊姊纵火把妹妹住屋旁的房子烧了，趁乱偷了妹妹的儿子。

妹妹发觉后，前去索取，姊姊不给。妹妹便向官府告状，但无法证明那男孩是自己的。陈祥假装自言自语："一定要杀了这男孩案件才会了结！"于是叫人在厅堂里放了一大缸水，把姊妹两人叫来，说："我一定要淹死这孩子，来解决你们的纠纷！"事前，陈祥秘密地对一个差役说，认真看着那小孩，并告诉周围的人假装把小孩投进水缸里，然后叫两个女子出来。

那妹妹听说要把男孩淹死，失声痛哭，跌跌撞撞

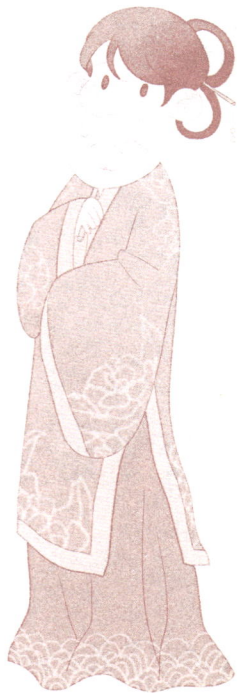

奔过去，摔倒在厅上；而姊姊竟转身就走，头也不回。陈祥当即判定男孩归妹妹，而鞭打了姊姊及小妾。整个郡里的百姓称赞陈祥有智谋。

用对小孩有无感情来判真假！

孙亮识破蜜中鼠屎

初夏季节，梅子开始成熟了。三国时吴国皇帝花园里的梅树上，结满了累累硕果。

一天，年轻的皇帝孙亮在侍从的簇拥下来到花园。他尝了几个梅子，觉得味道很好，只是稍微酸了点，便叫太监到宫中的仓库里去取一坛蜜来，腌一些梅子。过了约摸半个时辰，太监捧着一坛蜜来了。打开盖子一看，蜜里有好几粒鼠屎。

"谁在蜜里放了老鼠屎？"孙亮愤愤地问。太监说："这，这恐怕是藏吏干的。"

孙亮立刻把藏吏叫来，问他为什么在蜜中放鼠屎。藏吏吓得脸色苍白，一面连声说"该死""该死"，一面却又呼"冤枉""冤枉"。

"冤枉？"孙亮想，蜜是藏吏保管的，而后只经过太监的手，谁在蜜中放了鼠屎？不是藏吏便是太监。于是他问藏吏："太监曾经向你讨过蜜吗？"

"早先向我讨过的，但我不敢私自给他。"藏吏说。孙亮指着太监说："看来是你搞的诡计。"太监不肯承认，坚持说是藏吏做的坏事。侍中刁玄、张邠（bīn）对孙亮说："太监和藏吏的说法不一致，一时难以判断，还是把他们交给司法部门审理吧。""不用。"孙亮说，"只要将鼠屎剖开一看就知道了。"

　　侍从将鼠屎剖开，发现屎里面是干燥的。孙亮说："这是太监干的坏事。"太监还想强辩，孙亮说："如果鼠屎早就在蜜中，屎的里外应该全是湿的。如今鼠屎外面是湿的，里面是干燥的，必定是你刚放进去的。"

　　在事实面前，太监不得不低头认罪。在场的官员对孙亮迅速而正确的判断无不感到惊讶和佩服。

　　孙亮能想到"破鼠屎"来判案，是动了一番脑筋的！

杨振中讲中国智慧故事·女孩版

京师指挥拨疑雾

明朝京城里有户人家夜间被盗，小偷留下一本簿册。主人早晨起来一看，上面写的全是富家少年的姓名，并且记载着"某日某人召集在某地饮酒议事"，或"某日在某地赌博嫖娼"等，共二十条。

失主报告官府，官府派人按簿册上的姓名一一抓来，都是一些放纵不羁的少年，官府认为抓得对。少年们的父母认为自己的儿子一向不强凶霸道，怎么会干偷窃的事呢？至于那群少年饮酒赌博的事确是事实，原来是小偷事前侦察而登记好的。少年们经受不了严刑拷打，个个冤枉服罪。审问他们赃物在何处，他们随意说埋在郊外某处，经发掘后果然全部获得。众少年面面相觑大为惊讶："老天爷要我死啊！"于是案件了结等候处决。

有个指挥——负责治安的官吏发觉有疑点，但不知其中缘故，沉思很久。说："我周围有个长络腮胡子

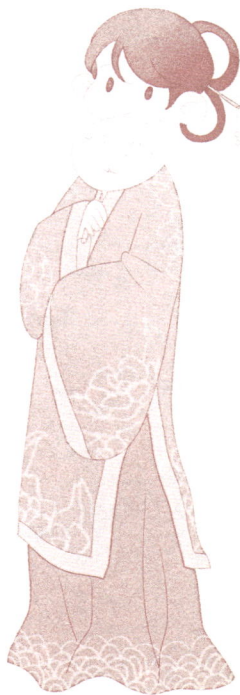

的人，他的职务是养马，为什么每次审理这案子总是在一旁？"于是指挥又故意多次审讯少年，那络腮胡子每次必到，而审讯其他案子却不见此人。

后来指挥突然召唤并问络腮胡子，他说话并无异常。于是取来刑具，这下他怕了，只得叩头招供："开始我不知道这事经过，后来小偷贿赂我，叫我每当审讯时，一定要记住你跟少年的对话，然后赶去报告，答应给一百两银子。"指挥这才知道当初发掘出来的"赃物"，是小偷获得了信息后一早去郊外埋下的。最后络腮胡子请求去抓小偷来赎罪。指挥命令几个士兵换了衣服前往，到偏僻的地方，抓住了小偷。

真相大白，几个少年才得以释放。

疑点重重，终于拨开云雾见太阳！

举子「判案」

李孝寿任开封地方长官时，有个参加科举考试的书生被仆人凌辱，十分恼怒，拟好了上诉文书想去官府告仆人，后被同住在旅店的考生劝解，怒火才息，随后开玩笑地模仿李孝寿在文书上写判词："此案无需核对，判打二十大板。"不料那"判词"被仆人发现，第二天仆人竟拿着它前往开封府，状告书生伪造县官判词，私设公堂，被挨了二十大板。

李孝寿接到报案后就追到旅店，了解事情经过。孝寿突然醒悟，说："这判决正符合我心意！"于是打了仆人二十大板，并且要他向书生道歉。当时在京城开封参加科举考试的有好几千人，再也没一个仆人敢胡作非为了。

放肆的仆人弄巧成拙！

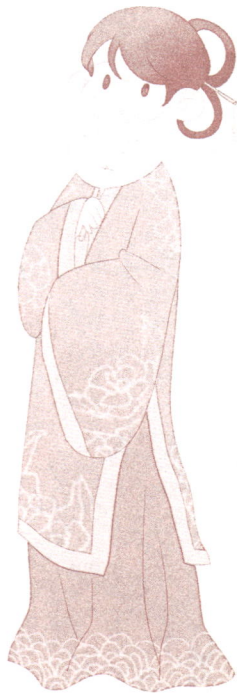

殷云霁对笔迹

明朝正德年间，殷云霁（jì）任清江知县。当地百姓朱铠死在文庙的西厢房里，没有人知道是被谁杀死的。殷云霁突然收到一封匿名信，说："杀死朱铠的是某某人。"那某某人一向跟朱铠有怨仇，所以大家都认为信中并非胡说。殷云霁说："这是嫁祸于人，意在拖延搜查真正的凶手。"他问周围的人，谁跟朱铠比较亲近。有人说是姓姚的文书保管员。于是殷云霁把衙门里的职员召集到大堂，说："我要看看大家写的字，请各位把姓名呈上来。"有个叫姚明的人，他的笔迹很像匿名信上的字。殷云霁问他："你为什么要杀害朱铠？"姚明大为惊讶，说："朱铠将要到苏州去做买卖，只有我了解这情况，因为贪图他的财货，所以把他杀了。"于是真相大白。

对笔迹也是破案的一种方法！

唐御史揭真情

　　李靖任岐州刺史，有人告发他企图谋反。唐高祖李渊命令一个御史——朝廷检察官去查究这事。御史知道有人在诬陷李靖，于是要求告发的人一同前往。他们经过几个驿站后，御史谎称丢失了原告的状子，显得异常惊慌恐惧，便鞭打保管文书的小吏，最后请原告再写一张状子。原告不得已，只得重写。御史把原告重新写的状子与早先的状子一比对，发现有很多不同，于是断定是诬告，立即回京城报告皇上。唐高祖李渊大为惊讶，马上处决了那诬告的人。

　　抓住漏洞，乘胜追击！

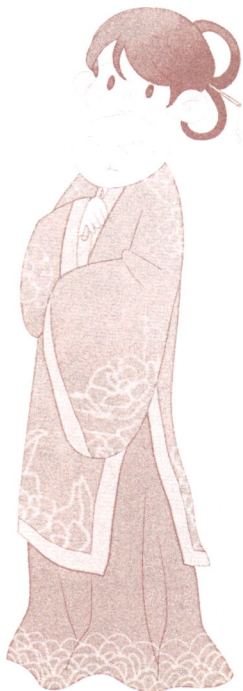

王著教宋太宗习字

185.

——

　　宋太宗赵光义在位时，有个叫王著的人学习王羲之的书法，很入门。

　　太宗上朝之余，也喜欢写字，曾多次派太监拿着自己写的字给王著看。王著每次都说还不够好。于是太宗更加专心临摹学习。之后又把写的字给王著看，王著依旧认为不够好。

　　有人询问王著，这是真的吗？王著说："皇上的字的确很好了，但我如果立刻称赞，恐怕皇上就不再用心了。"以后，宋太宗的书法精妙绝伦，超过前人，世人认为全得益于王著的诱导。

　　王著善诱，用心良苦！

曾子杀猪

186.

曾子的妻子要到市场上去，她的儿子哭闹着要跟去。孩子的母亲说："你回去，等我回来后给你杀猪吃肉。"妻子到了市场后回来，曾子就要杀猪。妻子阻止曾子，说："我只是跟小孩子开个玩笑罢了，怎么可以当真呢？"曾子说："小孩子是不能跟他开玩笑的。他还没辨别能力，有待父母去教育他。如今你欺骗儿子，这是在教育儿子说谎。母亲欺骗儿子，儿子不信任他的母亲，这不是教育好儿子的办法。"曾子就杀了猪并烹煮猪肉。

父母是子女的第一任教师，诚实教育应放在首位！

253

187. 苏琼晓谕普明兄弟

　　北齐的苏琼调任清河太守。他在清河遇到了一件事：有普明兄弟俩争夺田产，多年无法断案，各自找证据，以至作证的竟有上百人。官司直打到苏琼那里。苏琼把兄弟两人召到府里，开导他们说："天下难得的是兄弟之情，容易获得的是田产，倘使得到了田产而失去了兄弟情义，你们看会怎么样？"一番话说得兄弟两人都哭了。分居十年，回去仍同住在老宅子里，和好如初。

　　以情动人，兄弟和好如初！

188.

刘
南
垣
谕
直
指
使

尚书刘南垣，告老还乡。有个直指使——负责巡视郡县的官吏，特别讲究吃喝，为了招待他，各郡各县的长官都对此感到忧虑。刘南垣知道这事后对他们说："这是我的学生，我会开导他的。"

刘南垣等候直指使上门时招待他，说："我本想设宴招待你，但担心妨碍你公务，所以仅留你吃顿便饭。只是我妻子前往别处，没人准备菜肴，家常饭菜，能够应付吗？"直指使因为老师的话，不敢拒绝。

从早晨过中午，饭还没拿出来，直指使饥肠辘辘。等到食物端上来，只有糙米饭及豆腐一盘。两人各吃了三碗，直指使已觉得很饱了。一会儿，又端上佳肴美食，满桌食物陈列在前，可直指使不想动筷子了。刘南垣竭力要他再吃，直指使说："已经很饱了，不能再吃了。"

刘南垣笑着说："可见喝的吃的，原不分精粗，饥

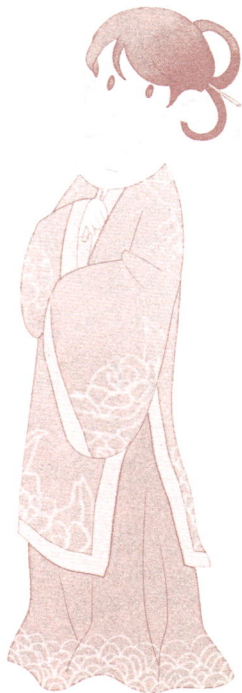

饿时什么都吃，吃饱后便难以辨别滋味，情况就是这样的！"

直指使明白老师的教育，从此以后再也不敢对下属有所苛求了。

对特殊的人要用特殊的教育方法！

杨振中讲中国智慧故事·女孩版

敬新磨反语谏庄宗

后唐皇帝庄宗李存勖（xù）喜欢打猎。有一次在中牟县打猎，践踏了百姓的农田。中牟县县官拦住庄宗的马，为民请命，恳切地规劝皇上不要伤害农作物。

庄宗大怒，斥责县官滚开，而且打算把他杀了。

陪同庄宗出猎的宫中演员敬新磨认为皇上这样做不妥，于是率领同事追那县官。追上县官后把他拉到皇上马前，当着庄宗的面责备他说："你身为县官，难道不知道我们皇上喜欢打猎吗？为什么要放任百姓耕种庄稼上缴赋税呢？为什么不让你的百姓饿着肚子把这些地空出来给我们皇上打猎呢？你是罪该万死！"

敬新磨上前一步，请求庄宗立刻把县官杀了。他的同事也高声附和："把他杀了！"

庄宗领会了敬新磨一连串反话的含意，大笑说："算了！算了！"县官这才免了一死！

一番反话，说得庄宗恍然大悟！

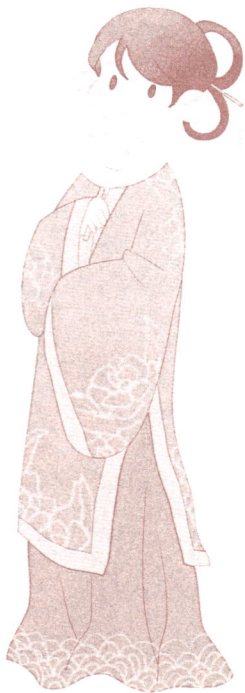

孔子引子路入学

　　子路遇见孔子。孔子问："你爱好什么？"子路拍拍身上的佩剑说："我爱好长剑。"

　　孔子说："我不是问这个。我是说凭你现有的能力，如果加上勤学好问，还有谁能及得上你呢？"

　　子路不以为然地说："南山上的竹子，用不着加工就是笔直的，砍下来把它做成箭，可以射穿犀牛皮做的护身甲。由此看来，何必要勤学多问呢？"

　　孔子说："你说得不对。如果把竹竿削出箭尾，按上羽毛，再装上磨得尖尖的箭头，这样发射出去的箭不是会穿透得更深吗？"

　　子路一想，觉得孔子说得对，于是连连下拜，说："我诚恳地愿意跟你学习。"

　　孔子确实是一个循循善诱的良师。

田子方告诫子击

魏国的太子子击出行，在路上遇到老师田子方，下车趴在地上拜见老师。田子方不还礼。子击心中愤怒，认为老师无礼，于是说："是富贵的人可以傲视他人呢？还是贫贱的人可以傲视他人？"

田子方说："是贫贱的人可以傲视他人！富贵的人怎敢傲视他人！"

子击想不通，因为他是富贵的王族之子，问："为什么？"

田子方说："国君如果傲视众人，那么他就会失去'国'；大夫如果傲视众人，那么他就会失去'家'。失去'国'的人从未听说过别人还会用国君的礼仪对待他；失去'家'的人从未听说过别人还会用'家'的礼仪对待他。至于说到'士'——读书人，虽然既贫且贱，要是言论不被采纳，做事不合上司心意，就可马上穿上鞋离去，到什么地方得不到贫与贱呢？对他

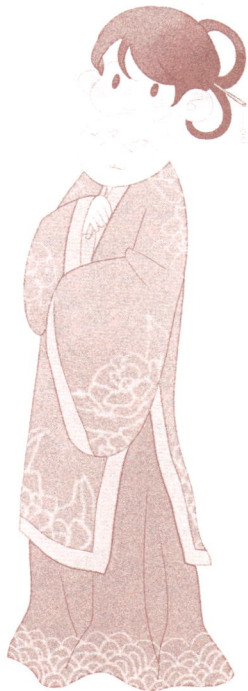

们而言毫无损失！"

听了这番话，子击领悟了，便向田子方道歉。

对富贵者来说，这是一番金玉良言！

杨振中讲中国智慧故事·女孩版

192.

孙权劝吕蒙读书

早年，吴国国君孙权对吕蒙说："你如今担任要职，不该不学习！"吕蒙以军中事务多来推辞。孙权说："我难道要你研究儒家经典成为博士吗？我只希望你广泛浏览，知道历史罢了。你说事务太多，哪比得上我多？我经常读书，自认为得益很多。"吕蒙这才开始读书。

等到有一年鲁肃路过寻阳，跟吕蒙议论军政要事，大为惊讶地说："你如今的才能与谋略，不再是当年吴下的阿蒙了！"

吕蒙说："士别三日，当刮目相看。你老兄识别人，恐怕有点落后了！"

读书有百利而无一弊！

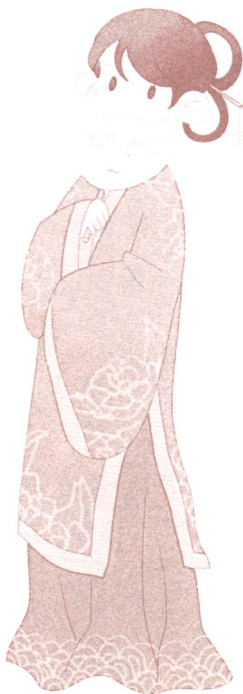

魏徵讽谏

唐太宗得到一只鹞鹰，极为秀美健壮。

有一天，他正私下里放在自己手臂上玩赏时，远远地看见谏议大夫魏徵进宫来，便把鹞鹰藏在怀里。魏徵虽然已经察觉，但照常上前禀报国事，乘机说到了古代帝王因贪图享乐而误国的事，含蓄地借此规劝太宗。

魏徵故意拖延时间，说了很多其他的事。太宗惋惜鹞鹰将要闷死，可他向来十分尊重魏徵，想让魏徵把话说完。魏徵说个不停，鹞鹰最终死在太宗怀里。

规劝要看对象与场合，魏徵规劝得法！

晏子谏杀烛邹

　　齐景公喜欢打猎，王宫的后花园里养着很多鸟，主管鸟的人叫烛邹。有一次齐景公走进后花园，发现几只珍贵的鸟不见了。他问烛邹："鸟呢？"

　　"不知什么原因飞走了。"烛邹惶恐地说。

　　齐景公非常恼火，下令官吏将烛邹斩了。烛邹被抓走时，苦苦哀求给予宽大。

　　国相晏子于心不忍，说："慢！烛邹有三大罪状，请允许我当面逐条斥责他，然后再杀他。否则太便宜他了。"

　　"可以。"齐景公说。

　　于是卫士将烛邹押回来。晏子指着跪在地上的烛邹说："烛邹！你有三大罪状，知道吗？"

　　"我……我不知。"烛邹结结巴巴地说。

　　"你为国君主管鸟，却让鸟飞走了，这是第一条罪状，"晏子说，"我们的国君是仁慈的人，现在被

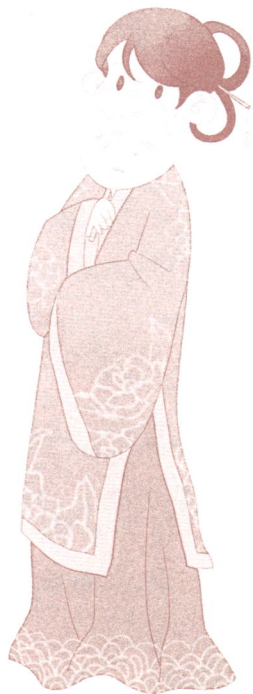

迫叫他杀人，这是你的第二条罪状。如果这事传出去，让各诸侯国的人听到了，他们一定会批评我们的国君看重鸟而轻视人，这名声多难听，这是你的第三条罪状。"

接着，晏子侧过身来对齐景公和卫士说："我已经斥责完毕，现在可以把他押下去斩了。""慢！"齐景公说，"先生的话我领会了，我听从你的开导，放了他吧。"

不为烛邹求情，却旁敲侧击批评齐景公，妙哉！

唐太宗从魏徵谏

濮（pú）州刺史庞相寿因犯贪污罪被免官，他说自己曾经在秦王李世民的官府里做过事，想以此得到宽恕。这时李世民已登基做皇帝，很同情他，想听从他的恳求让他回到原来的任上。

魏徵规劝皇上说："从前在秦王周围的人，如今宫内宫外很多，我担心要是个个倚仗私情为非作歹，那么就会使正直的人感到忧惧。"

李世民欣然采纳了魏徵的意见，对庞相寿说："我早先做秦王，是一府之王，如今做了皇帝，是天下之主，不能只偏爱老朋友。魏徵这样坚持，我怎么敢违背！"

李世民赏赐给了他一些财物，庞相寿流着泪走了。

魏徵能坚持原则，使唐太宗不徇私枉法！

范仲淹巧劝滕子京

196.

——

滕子京有才气，被同僚们嫉妒。自从贬谪到巴陵做知州后，神态言语中常流露出愤恨不平。

范仲淹跟他是同年进士，甚为友好，爱他的才华，担心这样下去会惹祸。可是滕子京性格豪放，自负才华，很难接受别人的规劝。

正当范仲淹没机会向他进言的时候，滕子京突然来信请他写《岳阳楼记》，所以范仲淹在《岳阳楼记》中写了这样几句："不以物喜，不以己悲""先天下之忧而忧，后天下之乐而乐"，他大概是借此规劝老朋友要心胸宽阔，以事业为重。

风物长宜放眼量！

墨子善教

　　墨翟是战国时期的大思想家，墨家学派的创始人，后人称他为墨子。有一次，墨子生气地批评了学生耕柱子。耕柱子有点不服气，说："难道我没有比别人好的地方吗？"

　　墨子请他坐下来，说："假如我要上太行山，用牛和马驾车，你认为驱赶牛好呢，还是驱赶马好？"

　　"当然驱赶马。"耕柱子脱口而出。

　　墨子又问："为什么要驱赶马？"

　　"这道理很简单，因为马值得驱赶，它可以跑得快；驱赶牛有什么用，鞭死它还是慢吞吞的。"

　　墨子笑了笑，说："我就是因为觉得你是值得鞭策的，所以才批评你、教育你。"

　　"噢——"耕柱子恍然大悟，原来老师是爱护他。又有一次，学生子禽问墨子："多说话好吗？"墨子没有直接回答他，而是打了个比喻："蛤蟆、青蛙、苍

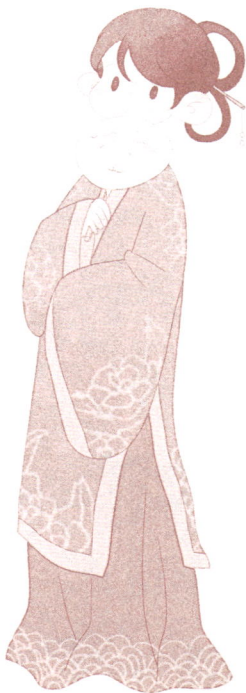

蝇等，整天整夜叫个不停，直叫得口干舌疲，然而有谁去听它们？可是那早晨报晓的雄鸡，在夜尽时按时一声长鸣，天下的人都惊醒，赶快起身。这样看来，多说有什么好处？只要那话说在必要的时候，说在关键上，一两句就够了。"子禽连连点头，感谢老师的开导。

用比喻来说理教育，容易被人接受！

唐太宗赐绢戒顺德

　　右骁卫大将军复姓长孙，名顺德，受人贿赂。事情败露后，唐太宗说："顺德要是果真能对国家有益，那么我与他可以共有国库，何至于贪婪到这种地步！"太宗还是觉得他有功，所以不惩罚他，反而在朝堂上赏赐给他细绢数十匹。

　　大理少卿胡演说："顺德枉法受财，罪不该赦免，为什么还要赏赐给他细绢？"

　　太宗说："他如果有人性，获得细绢的侮辱超过受肉体的刑罚；要是他不知道羞愧，那只是一只禽兽罢了，惩罚他有什么用！"

　　这叫"软"惩罚，比用刑更厉害！

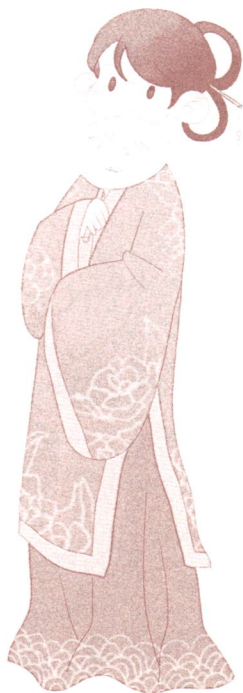

269

199. 师旷劝学

　　春秋时，晋国国君晋平公问盲乐师旷："我已七十岁了，想学习，恐怕已经晚了。"师旷说："为什么不点燃蜡烛学习呢？"晋平公说："哪有做臣子跟国君开玩笑的？"师旷说："我是盲乐师，我怎敢跟国君开玩笑！我听说过：年轻时爱好学习，像早晨初升太阳的光亮，壮年时爱好学习，像中午太阳的光亮，年老而爱好学习，像点燃蜡烛般光亮。在点燃的烛光中行走与在黑暗中摸索前行，哪个好呢？"

　　晋平公说："你说得好啊！"

　　俗语有活到老学到老，学习是一辈子的事！

庞仲达解任棠暗示

东汉的庞仲达，在任汉阳太守时，郡里有个叫任棠的人，有高风亮节，隐居乡村，以教书为业。

庞仲达到任后先去拜访任棠，可任棠不跟他交谈，只是在门前放着一大束连根拔起来的薤（xiè）菜和一盆水，自己抱着孙子低头坐在门下。

仲达的下属主簿说那人太傲慢。仲达说："你说得不对。他是想以此告诉太守该怎么行事。盆里放着水，意为希望我清廉；拔出粗粗的薤菜根，意为希望我打击地方的豪强；在门口抱着孙子，意为希望我打开衙门抚恤孤儿！"仲达感慨地回府，从此打击豪强、扶持弱小，果然凭爱护百姓而获得民心。

谚语有"明人不必细说"！

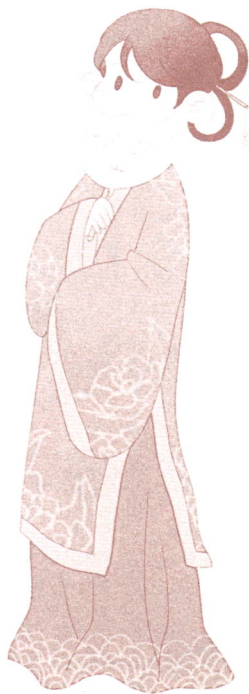

董遇论「三余」勤读

　　有个人想跟随董遇学习，董遇不肯教他，说："一定先要自己读百遍。"又说："书读过百遍，其中的道理自然会明白。"那个想跟他学习的人又说："苦于没时间。"董遇说："应该利用'三余'。"有人问"三余"是什么意思？董遇说："冬季不耕作，是一年中多余的时间；夜间是一天中剩下的时间，可以利用；阴雨的日子不去田间，是随时多余的时间。"充分利用"三余"，怎么会没时间读书呢？

　　聪明的人善于利用时间，愚蠢的人只会浪费时间！

孔子因材施教

子路问孔子："听到了鼓励的话就干起来吗？"孔子说："不行。先要听听父兄的意见，怎么可以马上干起来呢？"冉有问孔子："听到鼓励的话就干起来吗？"孔子说："行。听到了鼓励的话就应马上干起来。"公西华感到疑惑，便问孔子："子路问老师，听到鼓励的话就干起来吗？老师说，先要听听父兄的意见。冉有问同样的问题，你却说马上干起来。我感到疑惑，请问缘何有所区别？"

孔子说："冉有这个人做事缩手缩脚，所以我激励他勇往直前；而子路这个人常好勇过人，所以我要设法抑制他。"

孔子的因材施教，也可理解为"聪明教育法"！

再也不打猎了

　　休宁县有个村民叫张五，平日以打猎为生。张五曾经追赶一只母鹿，母鹿带着两只幼崽逃跑，可是跑不快，被张五赶上，母鹿估计免不了被抓住，看到身旁有一堆松土，就领着幼崽伏下，然后用松土将它们盖住，而自己投进张五的网中。

　　这时张五的母亲正巧从家里出来，远远地看见张五在追赶鹿，就直奔设网的地方，把目睹的情况告诉儿子。接着撕破网放走母鹿，连同两只幼鹿也释放了。张母说："人有母子之情，动物也有这种感情。我不忍心看到母鹿死而幼鹿孤苦伶仃，所以撕破网并释放了幼鹿。"张五听到了这番话，心里很受感动，从此把捕鹿的网烧了，再也不打猎了。

　　爱子之心，动物与人相同！

老叟「斥」牛

　　清朝雍正初年，李家洼农户董某，老父死了，留下一头牛，那牛衰老且跛足，董某打算将它卖给屠宰户。可牛突然奔到他父亲的墓前，倒在地上直挺挺地躺着，任凭董某牵拉或捶打，都不肯起身。村里的人听说这件事后，不断有人来观看。忽然有个姓刘的邻居老头，愤愤不平地走来，用手杖敲击老牛说："他的父亲掉进河里，关你什么事？让他随波漂流，给鱼鳖吃掉，岂不是一件好事？你无缘无故多找麻烦，让他拉着你的尾巴从水里出来，多活了十多年，活着要儿子供养，死了要买棺材埋葬，而且留下这个坟堆，年年岁岁要祭扫，给董家子孙带来无穷的麻烦，你的罪过大了！你去死，活该！"刘老头所以要说这番话，是因为董某的父亲曾掉在河里，那牛随即跳进河中，让他拉住牛尾才脱了险。

　　董某早先不知道这事，听刘老头一说大为惭愧，

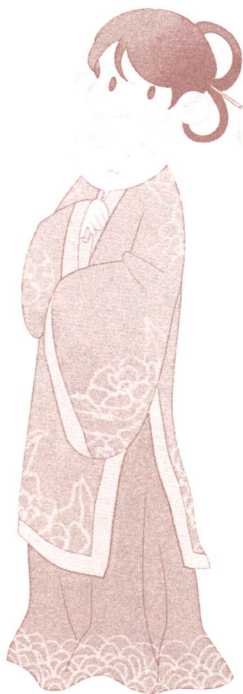

自己打耳光说："我真不是人！"急忙牵着牛回去。

老牛几个月后病死了，董某流着泪把它埋葬了。

指桑骂槐也是一种教诲的方法！

庸芮救魏丑夫

秦国的宣太后喜欢魏丑夫。宣太后病重得快要死了，下命令说："我死后，把魏丑夫作为殉葬，让他常伴我身边！"魏丑夫为此十分忧虑，他找庸芮（ruì）商量。庸芮对宣太后说："你认为死的人有知觉吗？"

太后说："没有知觉。"庸芮说："如果太后的灵魂明知人死后没有知觉，为什么要白白地把生前所爱的人葬在没知觉的人身边呢？"接着又说，"如果死后有知觉，那么死去的大王（指宣太后的丈夫）已积怨很久，你太后弥补过错还来不及，哪有空再去私通魏丑夫呢？"

宣太后听了庸芮一番分析，说："好的！"于是不再让魏丑夫殉葬。

条分缕析，太后不得不放弃让魏丑夫殉葬！

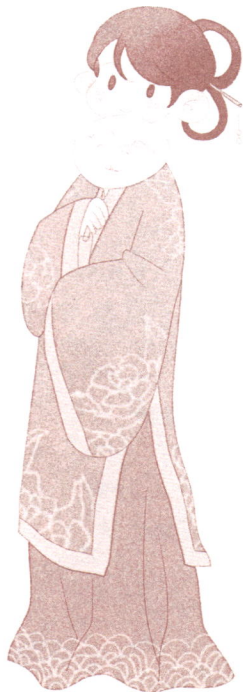

王化基是真相知

北宋的鞠（jū）咏参加进士考试前，凭文学出众而被王化基所了解及善待。后来王化基做了杭州知府，鞠咏也考中了进士，并出任杭州府仁和县县令。

鞠咏上任前，先把自己写的信及诗文寄给王化基，用来感谢王化基对他的鼓励与引荐；并表达如今也做了官，彼此能够用诗文来唱和的心意。然而王化基不作回答。等到鞠咏到任，一点也没有特别的照顾，反而急切地考核他的公务。鞠咏大失所望，于是对他不再抱有希望，认为王化基不赏识他，从此便专心处理公务。

后来王化基晋升为副宰相，他推荐给朝廷的第一个人便是鞠咏。有人问他这是什么缘故，回答说："凭鞠咏的才能，不担心不会显达。早先我所担忧的是他不够宽容大度，而且骄傲，所以故意贬抑他，是为了培养他的美德。"

鞠咏听说后十分感动，这才把王化基看作是真正赏识他的人。

宋仁宗时，鞠咏做了监察御史，成为朝廷重臣！

对症下药地教育引导！

王化基是真相知

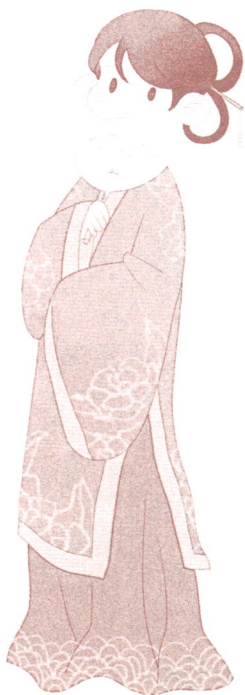

279

阿柴折箭喻理

　　公元三世纪末，我国西北边境上有一个部落叫吐谷（yù）浑，它的首领是阿柴。阿柴老了，病倒在床榻上，奄奄一息。他把二十个儿子叫到身边，说："我一生戎马，东战西征，如今行将就木，你们每人给我一支箭，让我在地下长享弯弓之乐。"于是一群儿子每人将一支箭奉献给阿柴。阿柴对弟弟慕利延说："你拿支箭折断它。"慕利延接过箭，轻易地一折两段。阿柴笑笑，说："你把剩下的十九支箭合在一起折断它。"慕利延接过箭，用力折了几次，怎么也折不断。阿柴的儿子们觉得奇怪，他们不理解父亲的用意，个个流露出迷惘的神色。"这道理你们知道吗？"阿柴边咳嗽、边喘气地说，"一支箭是很容易折断的，许多支箭合在一起就很难折断了。所以，我死后，你们要同心协力，只有这样，才能使国家巩固。"阿柴说罢就断气了。阿柴的儿子们在伤心之余，牢记着父亲的遗言：团结起来力量大。这事情虽然过去一千多年了，但阿柴的极有启发性的教育故事，至今还留传人间。

团结就是力量！

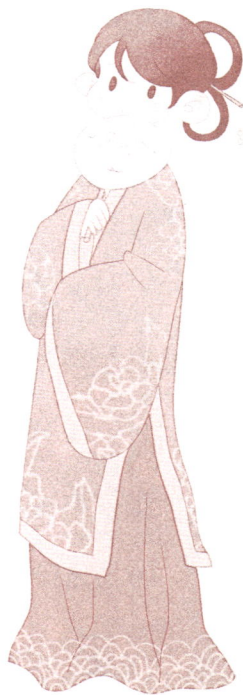

阿柴折箭喻理

208.

卖油翁开导康肃公

康肃公陈尧咨擅长射箭，当时没一个人比得上他，他也凭着这本领自我夸耀。有一次在自家场院里射箭，有个卖油的老汉走过，放下担子站定，斜着眼睛看他射箭，很久不离去。老汉见陈尧咨发的箭十有八九射中靶子，只是微微地点点头。

康肃问老汉："你也懂得射箭吗？我射箭的技术不是很高超吗？"

老汉说："这没什么别的奥妙，只是手法熟练罢了。"

康肃生气地说："你怎么敢轻视我射箭的本领呢？"

老汉说："凭我注油的经验知道这个道理。"于是老汉取出一个葫芦放在地上，拿铜钱盖住葫芦口，然后用勺子舀起油慢慢地通过钱眼注入葫芦里，而铜钱一点也没有被沾上油。康肃看了十分惊讶。

老汉于是说："我也没什么别的奥妙，只是手法熟练罢了。"

康肃笑笑，打发他走了。

熟能生巧。

卖油翁开导康肃公

邹忌讽齐王纳谏

　　齐国有个大夫叫邹忌，个子长得高高的，外貌丰润美丽。一天早晨，他洗过脸，穿戴完毕，照照镜子，对妻子说："我和城北的徐公比，哪一个美？""您美极啦！"妻子说，"城北的徐公怎么比得上您！"邹忌对妻子的话有点怀疑，因为城北的徐公是齐国一致公认的美男子。于是他又去问小妾："我和徐公比，哪一个美？"他的小妾毫不迟缓地说："徐公怎么比得上您呀！"

　　"真的？"邹忌还是将信将疑。第二天，有个客人来到他家。邹忌又问："我与徐公比哪一个美？"客人说："徐公不如您美丽！"又过了一天，城北的徐公上门来了。邹忌把他从头到脚仔仔细细打量一番，觉得自己比不上他；徐公走后，他又对着镜子再三照，更加觉得自己远远比不上徐公。

　　"那么妻子、小妾、客人为什么都说我比徐公美呢？"当天夜里，邹忌躺在床上翻来覆去思考着这个问题，最后终于明白了："妻子说我比徐公美，是因为偏爱我；小妾说我美，是因为怕我；客人说我美，是因为有事要求我。"

邹忌从这件生活上的事联想到其他事。第二天一早，他进宫拜见齐威王，说："大王，我有一点想法，不知可不可以向您说说。"齐威王说："你说吧。"邹忌说："我的容貌，实在远远比不上城北的徐公，但是我的妻子、小妾、客人都说我比徐公美。""什么道理呢？"齐威王问。

邹忌说："我想了整整一夜，觉得那是因为妻子偏爱我，小妾惧怕我，客人有求于我，所以他们都不说真心话。由这一点，我想到了您大王的治国……""你大胆说下去。"

邹忌说："如今齐国是一个堂堂的大国，方圆数千里，城池一百二十多座。宫中的美女和侍从，没有一个不偏爱您的；朝廷里的文武大臣，没有一个不惧怕您的；整个齐国的百姓，没有一个不想有求于你的。因此他们便不会对您讲真心话，您所受的蒙蔽严重啊！"

齐威王边听边不停地点头，他连声称赞："说得有道理，说得有道理！"

于是齐威王立刻下命令："凡是大臣、官吏或百姓，能当面指出我过错的，受上等奖赏；上书劝说我

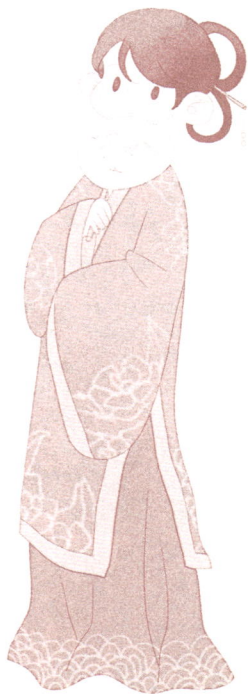

改正错误的，受中等奖赏；能够在街头巷尾议论我缺点，而传到我耳朵里的，受下等奖赏。"

这个命令刚公布的时候，很多官吏来向齐威王提意见，宫廷门前热闹得像赶集市；几个月以后，提意见的人渐渐少了，间或有人上宫门；一年以后，即使想要提意见受赏，但都觉得无话可说了。

燕国、赵国、韩国、魏国听说了这件事，都到齐国来朝见。这就叫做修明内政，不用兵便战胜了他国。

邹忌进谏，立了大功！

优旃反语谏秦皇

　　优旃（zhān）是秦朝宫廷里的乐伎。他滑稽多智，常用幽默讽刺的语言批评朝政。

　　有一年，秦始皇打算把打猎游乐的园林东面延伸到函谷关，西面扩大到雍、陈仓一带。这么一来，几千万亩农田将成为牧场。优旃听到这消息后，在一次表演刚结束，趁秦始皇兴致勃勃的时候，说："听说皇上要扩大园林。""唔，有这么回事。"秦始皇得意地说。"好得很！"优旃说，"园林扩大了，可以多养禽兽，要是敌人从东方来进攻，咱们可以让大大小小的鹿去撞死他们！"

　　"这……这……"秦始皇突然觉得无言对答。优旃的话分明在讽刺他，扩大园林只会增加反对朝廷的人，一旦天下人群起而攻之，那么只好请"鹿"帮忙了。

　　优旃的话暂时起了作用，秦始皇下令停止扩大园林，但始皇帝毕竟是个好大喜功、不恤民力的人，他

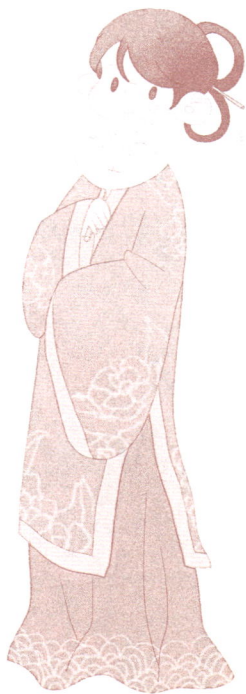

仍驱赶着几十万民工为他修筑坟墓和长城，这就种下了秦朝覆灭的祸根。

秦始皇死后，他的儿子胡亥做了皇帝。胡亥的骄奢淫逸，胜过始皇。他一上台，便打算把整个咸阳的城墙油漆一新。这实在是一件劳民伤财的事。有一天，优旃乘机问：

"听说皇上准备油漆城墙，有这件事吗？"

"有。"胡亥说。

"好得很！"优旃说，"即使皇上不说，我也要请求这样做了。漆城墙虽然辛苦了百姓，而且要多派捐税，但城墙漆得油光光滑溜溜的，敌人进攻时怎么也爬不上，多好啊！要把城墙漆一下不难，难的是找不到一间大屋子让漆过的城墙阴干。"

优旃的一席反话，使二世打消了漆城的念头。

幽默的讽刺能发人省悟！

刘涣买牛卖牛

北宋英宗治平年间，黄河北面发生大饥荒，接着又地震，庄稼颗粒无收，百姓挣扎在死亡线上。他们贱卖耕牛，勉强度日。

这时刘涣任澶（chán）州知府，见此情况说："这怎么可以呢？"便拿出国库里的钱买进耕牛。

第二年，地震已平息，逃亡的百姓回来了，却没牛可耕种，牛价一下子跳高十倍。刘涣便把早先买进的牛，依照原价卖给百姓，所以那年黄河北面只有澶州的百姓能在原地生活下去。

买进卖出，都为百姓着想！

苏章法办故人

东汉的苏章，年轻时博学多知，善于写文章。顺帝时调升为冀州刺史。他有个老朋友，在冀州下属的清河郡做太守。苏章在巡视下属各郡县时发现他有贪污受贿的行为。一天，苏章摆了筵席，邀请清河太守上门，酒席间互相回顾了往日的友情。太守眉开眼笑地说："别人头上只有一片青天，唯独我头上有两片青天。"太守想用恭维的话讨好苏章。苏章说："今天我与老朋友饮酒，是私人友情；明日冀州刺史以公事查究，是公法。"太守听了吓出一身冷汗。第二天，苏章就揭发太守的罪状并逮捕了他。从此，冀州人都知道苏章是个大公无私的人，只要听到他名字就不敢胡作妄为。

私不害公，公事公办，做官就要像苏章一样！

王安期不鞭书生

　　王安期担任东海太守期间，社会动荡不安。他曾下令：晚上不能私自出行，否则要受鞭打。

　　一天，衙门差役在夜里拦住了一个赶夜路的人。王安期问："从哪儿来？"

　　那人回答说："从老师家中听课回来，不知不觉天已经晚了。"差役问太守："要鞭打吗？"

　　王安期说："对读书人不能鞭打，用这种办法来树立威信恐怕达不到社会太平的目的。"于是当即释放了书生，并让差役护送他回家。

　　特殊情况应特殊对待，王安期做得对！如果遇到糊涂官，一刀切，那么社会越来越混乱！

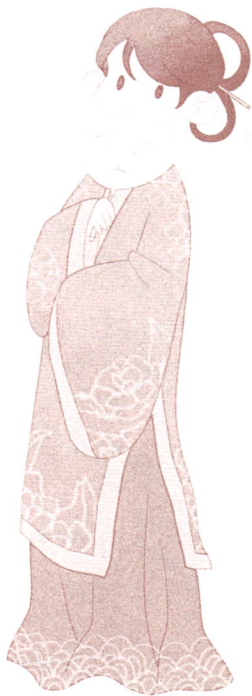

廉范相机行事

东汉的廉范调任蜀郡太守后，他见当地的人都喜欢夸夸其谈，而且常常为一点小事争长论短，就劝勉百姓要淳朴敦厚，改掉轻浮的陋习。成都地方，百姓常常利用晚上做事，可是因为房屋狭窄，容易引起火灾。从前官府为了防止火灾，禁止百姓在夜间作业。但这规定行不通，家家户户设法隐蔽，于是火灾几乎天天不断。廉范根据实际情况，取消了禁令，鼓励百姓开夜工。但是有一条不成文的规定：每户人家必须储存几缸水，一旦发生火灾，便立刻扑灭。这样做，百姓觉得方便可行，火灾也确实大大减少了。

他们编了一支歌谣赞颂廉范：廉叔度啊，为什么来得这么迟？你不禁止百姓点火，大家都安心地在晚上作业。从前我们没一件短袄，如今人人套裤有五条。

"疏"比"堵"好，廉范治蜀顺应民心！

周新乔装进监狱

　　周新任浙江按察使，曾经巡察下属一个县。他乔装改扮接触官员，又进监狱，跟囚徒对话，得知县里百姓的疾苦。第二天，县官去迎接周新，不料他竟从监狱里走出来。县官既惭愧又害怕，自动解下官印离职。从此，各县县官听说后都两腿发抖，个个勤于公职，生怕被周新查到不良的实情。

　　掌握实情，才能慑服奸吏！

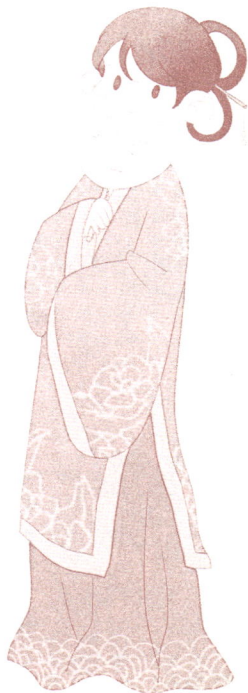

孙莘老劝富人施钱出囚

宋朝的孙莘老在福州任知府。当时有很多百姓因为赊欠了贸易市场的钱还不出而被关在监狱里。

这时恰巧有几个富人愿意拿出五百万钱修葺佛殿，请求孙莘老同意。莘老慢悠悠地问："你们为什么要施舍这么多钱？"富人们说："希望求得福气。"莘老说："佛殿还不是很坏，也没有露天拜佛的人，我看不如用这些钱把囚犯赎出来，让几百个人解脱枷锁的苦恼，那获得的福气难道不是更多吗？"

富人们都答应了，当天就把钱送进官府，监狱释放了所有的囚人。

孙莘老做了一举三得的好事！

217.

范忠宣行植桑减罪

　　范忠宣曾任襄城知府。襄城地方的人历来不养蚕织布，因此很少有人栽种桑树的。

　　范忠宣对此感到忧虑，后来他想了个办法：百姓如果犯法，就罚他们在自家地里栽种桑树，罪较重的要种得多，罪较轻的少种点，然后按照种植桑树的茂盛与否而增减惩罚。

　　从此，家家有衣穿，受罚的人也获利不少。

　　范忠宣离去后，当地百姓念念不忘他。

　　这是个好办法，一举两得，远胜于把罪犯一律投入监狱！

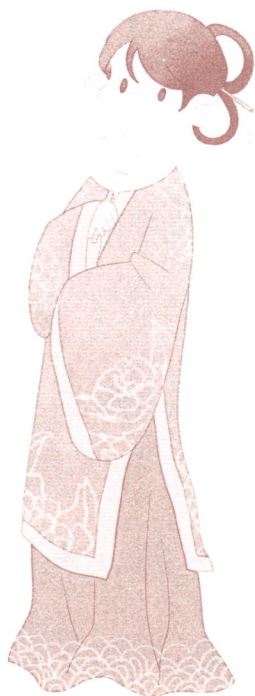

张需立户口簿

汉朝的张需善于管理百姓。他升任霸州太守时，发现当地有很多游手好闲之人，田地没人耕种，经济很不景气。他想了个办法：给每个村设置一本簿册，按户分列，每户写有男女老少人数，分派各户在住宅旁栽种粟、麦、桑、枣，家中纺织的工具、鸡猪的数目都要登记在册，并让大家都知道。

张需只要有空余时间就下乡，到各户人家验看，如果数目有缺，就要受处罚，数目增多，则表扬。于是当地百姓都辛勤耕作，没有敢混日子偷懒的。不到两年，家家都有固定的产业，生活一天比一天富足。

先稳定，再谋发展，张需治民有方！

商鞅立木建信

　　秦国的商鞅打算变法，变法的条令已准备就绪，只是尚未公布。他担心老百姓不信任他，于是来个试探。

　　他叫人在国都集市贸易区的南门竖起一根三丈高的木头，公开宣布：有谁能把这木头搬到北门去的，赏给十金。百姓都感到奇怪，搬动一根木头，那么短的距离，可以获得十金，莫非是骗局，因此谁也不愿去搬。过了一会儿，商鞅又下令："愿意搬迁的赏给五十金！"有一个人去搬了，结果真的就给了他五十金，以此表明官府是不欺骗大家的。百姓这下相信了，于是商鞅终于下令变法。

　　在重大举措前，聪明的政治家要测试民意！

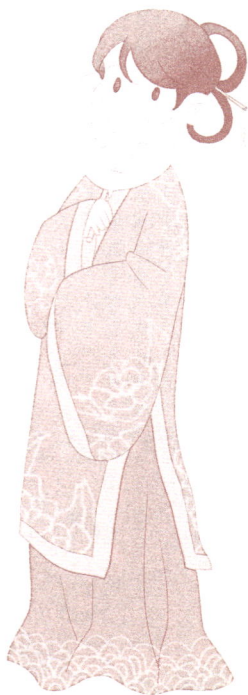

范仲淹救灾有方

　　宋仁宗皇祐二年，浙西一带发生大灾荒。当时范仲淹主管浙西，从国库里拿出粮食救灾，同时鼓励富裕人家给国库存放粮饷，总之想尽办法渡过难关。

　　浙江人喜欢划船比赛，又喜欢烧香拜佛。范仲淹就怂恿百姓举行划船比赛，他自己每天一早就在西湖边设宴观看。从春天到夏天，百姓万人空巷出门观看。范仲淹又把各寺庙的住持召来，对他们说："今年工价很低廉，你们可以大兴土木。"于是很多寺庙不日开工装修。同时他又翻新官仓及官府，每天招工数千人。

　　这些反常的举动引起了监司——地方监察官的不满，他写奏章弹劾范仲淹，说他在杭州饥荒时不仅不抚恤百姓，反而游乐、设宴并大兴土木，劳民伤财。

　　于是范仲淹上书皇帝逐条驳斥："我之所以要这样

做，正是要让他们拿出多余的财力，用来给百姓得到实惠，让工匠、卖苦力的人，都能从公家或私家获得饭食，不至于流浪各地甚至死在山沟里。”

这年，只有杭州虽然有灾荒但对百姓无伤害！

只要能救灾，办法应灵活多样。范仲淹所以受后人敬仰，这也是原因之一！

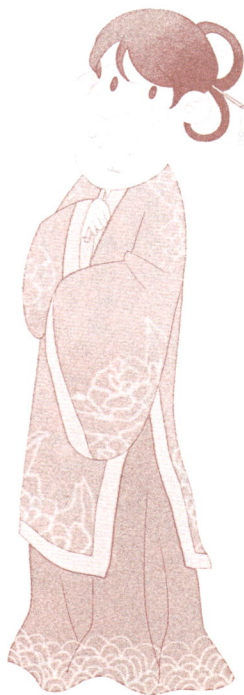

299

221.

周忧日记阴晴风雨

在江南巡抚大臣中，要数周忧最有名。他的才识固然超过别人，而他留心公事的态度，也不是一般人所比得上的。

听说他有一本日记簿，记录每天做的事，一点小事也不遗漏，甚至每天的阴晴风雨，也一定详细记录。如哪天午前晴，午后阴；哪天东风，哪天西风；哪天白天夜间都下雨。

开始时人们不知道他为什么要这样记录。一天，有人来报告运粮的船被巨风吹得沉没了。周忧问他哪天沉的船，是午前还是午后，是吹东风还是西风。那人并不知道，便胡说一通。周忧一一告诉他沉船那天的天气实情，那人惊慌地认罪，本想欺诈而没成功。人们这才知道周忧所以风雨必记，是为了公事，而不是随意乱写的。

周忧把心思全部用在公事上，值得今天的官员学习！

300

严安之以手板划界

唐玄宗在勤政楼举办大型宴乐活动，下令让官吏与百姓都去观看。当时各种表演都有，热闹异常，行人与车辆把道路堵塞了。侍卫挥动棍棒维持秩序，尽管棒如雨下，仍不能制止混乱的局面。

唐玄宗为此很担忧，对高力士说："我因为全国丰收，四境平安，所以举行盛大的宴乐活动，跟百姓同欢共庆，想不到民众吵闹混乱到这种地步，你有什么办法制止吗？"

高力士说："我没有办法。不过皇上可以试一下，召严安之来，依我所见，他必定有办法处理。"玄宗听从了他的建议。严安之来到后，绕广场走了一圈，用"手板"在地上画了一条界线，并对民众说："超过这界线的一律处死！"从此以后直到五天宴乐结束，民众都指着他画定的界线说："这是严公规定的界线，不得超过！"于是没一个人敢不守纪律。

令行禁止！

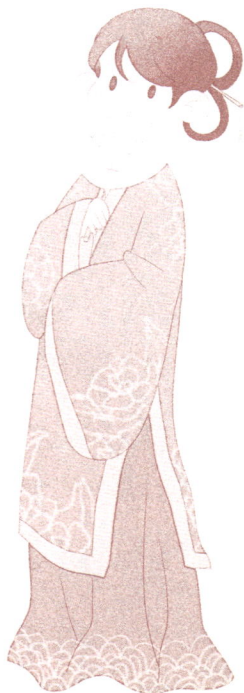

301

223.

「一钱太守」刘宠

东汉的刘宠，曾任会稽郡太守。他上任后，减少或废除苛酷的扰民律令，禁止非法活动，没多久会稽郡变得很太平，百姓也安居乐业。

后来，刘宠被朝廷征任主管土木工程的将作大匠。

会稽郡山阴县有五六个老头儿，从若邪山山沟里出来，每人携带了一百个铜钱来送别刘宠，说：

"我们是从山沟里出来的见识短浅的人，从未见过郡府。早先别的太守上任后，派差役到民间搜刮，一天到晚不停，有时整夜的狗叫，真是鸡犬不宁。自从你来了以后，夜里听不到狗叫，百姓看不到差役上门，想不到我们老年人会遇到这太平世道。如今听说你要走了，所以互相搀扶着来送你。"

刘宠说："我的政绩没像你们说的那么好！老人家一路辛苦了！"刘宠从每人手中挑选了一枚铜钱作为纪念。

如此惠民，这般政绩，当然要受到百姓爱戴！

224.

松江太守「明日来」

赵豫任松江府太守，每当看到人们诉讼的并非是重要的事情，就对他们说："明日来！"开始时人们都笑他，所以当地流传着"松江太守明日来"的歌谣。但是他们不知道诉讼的人来官府，往往是一时间的气怒，经过一夜，怒气平息，或者因有人劝解，于是不再诉讼的人很多。

这跟千方百计捉拿人而想出名的官吏相比，何止天壤之别！

减少诉讼，安定社会，这才是做官的政绩！

225.

——

韩褒让盗贼改过自新

北周时，韩褒做北雍州刺史。州中盗贼横行，韩褒到任后，秘密探询真实情况，发现都是州里的豪强干的。

韩褒假装什么情况都不知道，对豪强们既有礼仪又特别照顾，说："我身为刺史，实是书生，哪知道搜捕盗贼的事？希望诸位帮我共同分担这忧心的事。"

韩褒把凶狠狡猾的年轻人都召来，让他们暂时担任各方头领，给他们划地分界，负责搜捕盗贼。如果出现盗贼而抓不住，就按故意放纵盗贼论处。于是那些被安置在官府里的头领个个心慌害怕，低头认罪，坦白早先抢劫实在是某某人干的，并将姓名一一供述。

韩褒取过登记姓名的簿册把它藏起来，然后在州府的城门口张贴告示："凡是盗贼，应赶快来自首，到这个月月底不自首的，当众诛杀，抄没他的妻子儿女，用来奖励给最早自首的人！"于是一个月之内，所有盗贼都来自首。韩褒拿出簿册，跟早先那些年轻人招供出的姓名核对，没差错，都原谅了他们的罪行，允许改过自新，从此盗贼消失，社会太平。

以盗制盗，犹如以毒攻毒！

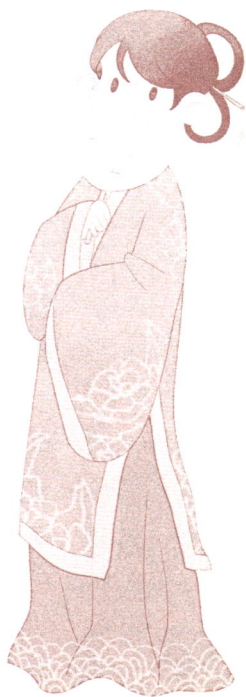

305

226.

潭州有个疯女子，多次到太守处告状，可语无伦次，拒绝她就无理谩骂。先前的太守一次又一次斥责并驱赶她。

王罕到任后，她又来告状。王罕单独接见她，问她详细情况。隔了很长时间，她说话逐渐有了条理。原来那疯女子本是一户人家的妻子，没子女，丈夫死了，而小妾有儿子，不仅把她赶出门，还侵占了她的财产，因为一再上诉而得不到正义的支持，所以愤怒怨恨而发疯了。王罕惩治了小妾，命令归还属于疯女子的财产，不久病也痊愈了。

做官的要耐心倾听诉讼，要主持正义！

张敞擒贼王

汉朝京城长安的市场里有很多盗贼，做买卖的为此十分苦恼。

张敞任长安地方长官后，询问京城父老，获悉了几个盗贼头领的姓名，可那些人在家都显得温和忠厚，出门时只有小童仆跟在马后，里巷里的人都认为他们是德高望重的人。

张敞把他们一一召来责问，并且赦免了他们的罪过，不过要他们把其他盗贼召来作为赎罪。有个头领说："如今要是把他们召进官府，恐怕会打草惊蛇，希望让我们自行处理。"

张敞让他们回去休息。

几个头领回去后摆下宴席，小偷都来祝贺，喝得醉醺醺的，乘此机会，头领们用红颜色沾在小偷的衣衫上。官府的差役们等候在里巷口，看到身上有红颜

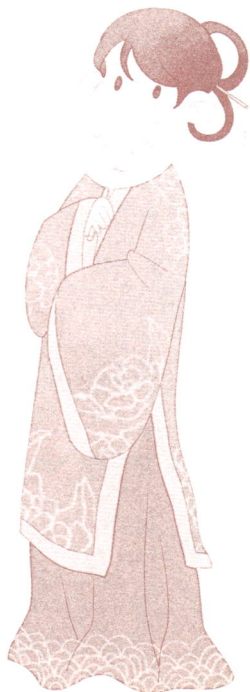

色的便逮捕，一天之内抓到了好几百人。

从此长安市场内盗贼绝迹！

擒贼先擒王，好策略！

宗汝霖安民

宗汝霖在宋徽宗政和初年任掖县县令时，朝廷户部要求提举司发公文征集"牛黄"——一种稀有的牛的胆囊结石，用来供京城百姓及药店合药之用，使者督办得比星火还要急迫。州县百姓被迫争着宰杀耕牛来获取牛黄，然而始终达不到上司提出的数量，于是不得不用钱财来贿赂官府差役恳求免除。

宗汝霖看到这情况极为伤心，他独自出面向提举司申述："牛如果遇到有疫病的年份，长期生病，就会有牛黄。如今太平日久，祥和之气充盈天地，我县内的牛都肥壮，没有牛黄可取。"

使者看过宗汝霖的申述，也无法反驳。因此掖县免去了杀牛之苦，全县百姓欢呼雀跃，对宗汝霖感恩戴德。

做官的要极力维护百姓的利益！

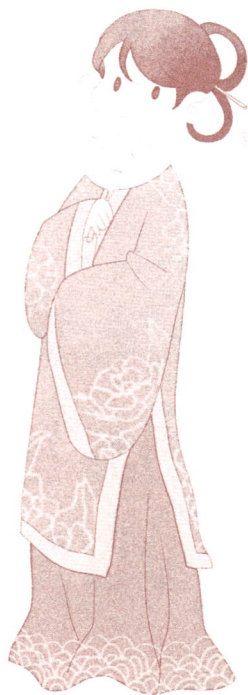

宋就一举成魏楚之欢

　　战国时的魏国与楚国相邻，时有战争发生。

　　魏国的宋就，曾经在靠近楚国的边境上做过县官。魏楚两国边境上的居民都种瓜，且各有方法。魏国的边民辛苦而卖力，每天浇灌瓜苗，所以结出的瓜甜美，而楚国的边民懒惰，难得浇灌，因此结出的瓜不好。相比之下，楚国的县官便很生气。楚国边民于是迁怒于魏国边民，夜里越过边界悄悄地去抓弄魏国的瓜苗，于是瓜苗死的死枯焦的枯焦。

　　魏国边民发觉了这事，报告县尉，也想越过边界去抓弄楚国的瓜苗，以此作为报复。

　　县尉把这事报告给县官宋就。宋就说："啊！这怎么可以？这是结怨的办法。人家做坏事我们也去做坏事，为什么器量如此之小？现在我教你，每天晚上派人悄悄地去楚国边地，给他们的瓜苗好好地浇灌，而且不要让人知道。"县尉照办了。

楚国边民早晨起来巡视瓜苗，发现总是有人浇灌了，结出的瓜也一天比一天甜美。边民们感到奇怪，便留意观察，原来是魏国边民干的，很是感动。

楚国县官听说了这事，十分高兴，立即把经过一一地报告楚王。楚王得知后，自感惭愧。楚王对官吏说："这是魏国暗中帮的忙。"随即拿出很多货币送给魏国以表谢意，而且表示愿跟魏国结交。

所以魏楚友好，是从宋就开始的。老子说"以德报怨"，指的就是这类事。

大处着眼，小处着手，宋就一举而使仇敌变好友！

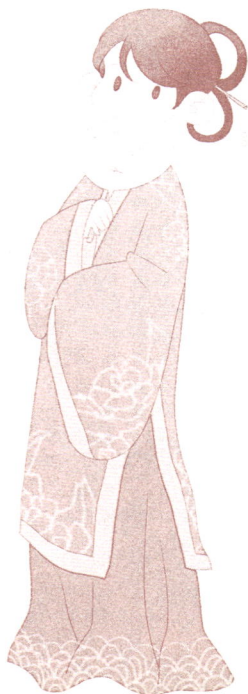

张良计封雍齿

刘邦建立汉朝做了皇帝后，封赏了二十多位跟随他南征北战屡建功劳的文臣武将，但是还有一大批人因为种种原因尚未来得及受到封赏。

一天，刘邦在洛阳南宫的楼上与张良闲谈。他随意向窗外望去，见不远的沙地上三人一簇五人一群在那里交头接耳。他感到奇怪，问张良："他们在议论什么？"张良说："皇上怎么不知道？他们在谋反。""真的？！"刘邦将信将疑地问，"天下近来已安定，为什么要谋反呢？"

张良说："皇上本是平民百姓，全靠那批人夺得了天下。您做了皇帝后，封赏了一批人，诛杀了一批人。凡是受到封赏的，都是你的亲友知己；凡是被诛杀的，都是你的冤家仇敌。现在官吏们核计功劳，认为有功的人无数，无法全部封赏到，因此很多人感到失望。失望之余，他们担心皇上会追究他们从前的大大小小的过错，有的甚至害怕被杀，所以三五成群地在商量谋反。”

“那怎么办呢？”刘邦顿时紧蹙眉头，显出担忧的样子。

“办法是有的，不知皇上能不能采纳？”张良说。

刘邦说：“只要有好办法能稳定人心，我一定采纳。”

张良说：“皇上从前最恨的而且是人所共知的，是谁？”

“是雍齿。”刘邦不假思索地说，“他是我的老朋友，早年跟随我起兵反秦，但后来背叛了，并且多次围攻我，使我很狼狈。我早就想除掉他，但是一想到他有不少战功，就不忍心杀他了。”

张良说：“既然这样，最好立刻在百官面前封赏雍齿。”“为什么？”刘邦问。“那些惴惴不安的人见雍齿也能受到封赏，他们还会有什么疑虑？”张良说。

刘邦采纳了张良的建议，设宴会，封雍齿为什方侯，同时下令丞相赶快给其余的人评定功劳进行封赏。雍齿喜出望外，其他早先要谋反的人也安定下来了，他们高兴地说：“雍齿是皇上的冤家，他尚且能封侯，我们还怕分封不到吗？”

一场潜在的危机，由于张良的计谋，很快就平息了。这就叫聪明人能防患于未然。

抓典型是个好办法！

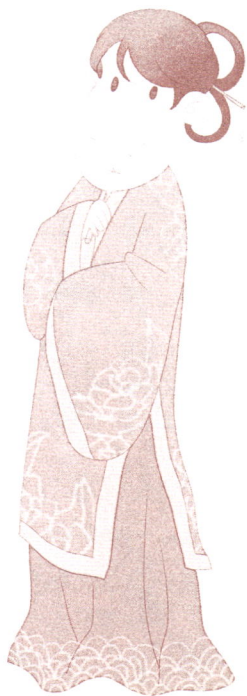

「犟」赵普

赵普在赵匡胤称帝时，连续做了十年宰相。他为人刚毅果断，有一股"犟"劲，常以天下事为己任，对宋王朝忠心赤胆，为其政权的巩固而身体力行。

一次，他在上朝时提出要提升一个官吏，宋太祖不同意；第二天上朝时，他又提出来，宋太祖仍不同意；第三天，他还提出来，这下触怒了皇帝，宋太祖将他的奏章一扯几段，扔在地上。赵普不惊慌，不气怒，神态自若。他慢慢地拾起被皇帝撕破了的奏章，放在怀中，带回家。回家后，他把奏章修补好。过了几天，又将那奏章呈给皇帝。宋太祖见赵普如此真诚，便同意了他的意见，提升了他所推荐的那人。实践证明，那人做官做得很好。宋太祖心中赞赏赵普的眼力和人品。

又有一次，有个人立了功，按例要提升官职，可是宋太祖讨厌他，不给他升官。赵普在朝堂上替他争辩，宋太祖恼火地说："我就是不给他升官，你怎么样？"赵普毫不退让地说："刑法是用来惩罚做坏事的人的，奖励是用来报答有功劳的人的，奖惩之权是天下人共有的，又不是皇帝个人独专的，难道能凭您一个人的喜恶来任意决断吗？"几句话，把宋太祖责问得哑口无言。太祖站起身来走了，赵普紧紧跟上去。太祖进入内宫，赵普立在宫门口，半天不走。太祖冷静下来仔细一想，终究觉得自己理亏，便同意了赵普的建议。

一天，宋太祖和大臣们在庭院里宴会，歌伎们唱歌跳舞，十分热闹。席间，天空突然下起雨来了，而且很久不停。宋太祖怒形于色，周围的人因此很恐慌。赵普对太祖说："天久不雨，宫外的百姓正盼望着下雨，这对我们宴会有什么影响呢！下雨最多不过淋湿一些帐幔和乐伎的衣服罢了。百姓见到下雨，个个都会高兴得手舞足蹈，所以我请求让乐工们在雨中演奏和歌舞。"一席话，把太祖说得转怒为喜。

赵普是个聪睿机灵的人，遇到事情有一股子韧劲和各种随机应变的办法，他常能改变皇帝的错误观点，因此深得皇上和大臣们的赞赏。

坚持真理的人才是好官！

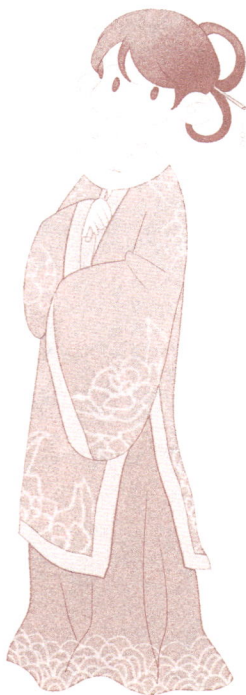

315

232.

范仲淹食粥心安

范仲淹家庭贫困，在南都书院读书，每天煮一锅粥，经过一夜就凝结起来，用刀划分为四块，早晨与傍晚各吃两块，伴随数十根腌菜咽下去。

留守的儿子跟他是同学，回去后把范仲淹过清苦生活的事告诉了父亲，他父亲特意把好的菜肴托儿子送给范仲淹。

范仲淹把菜肴放在一边，不久全部腐坏了。

留守的儿子说："我父亲听说你很清苦，所以赠送你一些食物，为什么不吃呢？"

范仲淹说："我并非不感激你父亲的深情厚意，只是因为一直吃惯了粥，如今一旦享用美肴，往后怎么能再咽得下这粥呢？"

坚持过清苦的生活也是一种磨炼！

吕蒙正不记人过

　　宋朝的吕蒙正开始担任副宰相时，有一天刚踏进朝堂，有个上朝的官员在帘后指着他说："这小子竟然也做副相了？"吕蒙正假装没听见而从那人面前经过。

　　他的同职官员对这事十分恼怒，要叫人追问那人的官位与姓名，蒙正立刻阻止。

　　朝会结束，同职官员还愤愤不平，懊悔当时没彻底追问。蒙正说："如果一旦知道了那人的姓名，就会一直念念不忘，还不如不知道。而不追问这件事，对我来说有什么损害呢？"当时的人都佩服他的器量。

　　不记人过，这是大智慧的表现！

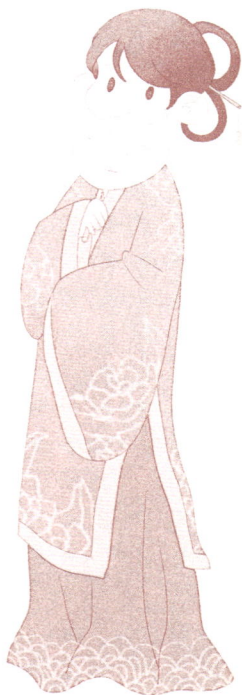

234.

王安石旁听文史

　　王安石字介甫，退休后住在金陵。一天，他头上裹着丝巾，脚穿麻鞋，拄着手杖，独自游览山中寺庙。在寺庙前遇到几个人在大谈文史掌故，议论纷纷。王安石在他们旁边坐下，议论的人没注意到他。后来有个人随意问他："你也识字吗？"

　　王安石只是含糊地回答。对方又问他姓名。王安石拱手回答说："安石姓王。"他们一听是王安石，都惊呆了，在他面前谈文史，岂不是班门弄斧？于是众人羞愧地低头弯腰赶快离去。

　　知识越多的人越谦逊！

235. 邴原戒酒

邴原是汉末著名学者，早年能饮酒，自从出门游学后，八九年滴酒不沾。他背着书箱，徒步上路，凭着体力一路坚持。到陈留，拜韩子助为师；至颍川，跟随陈仲弓学习；来到汝南，与范孟博交友；经过涿郡，跟卢子干切磋学问。他们都是博学之人。

分别时，老师学友认为邴原不会喝酒，就凑集了一些米、肉给他送行。邴原说："我本是能喝酒的，只是因为怕荒废学业、扰乱思想，所以戒了！如今要分别远离，感谢你们要给我设宴送别，可以破例喝一次。"

于是师友坐在一起畅饮，邴原竟喝了一天也不醉。

有自制力的人才是有修养的人！

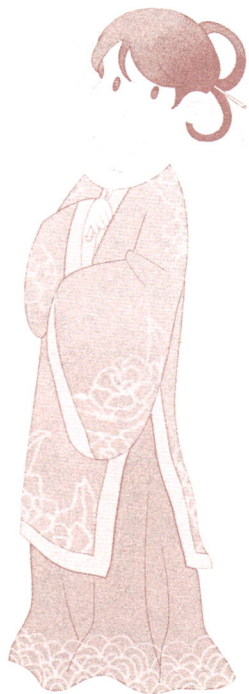

319

管宁礼让

管宁所住的村庄，聚集了很多打井水的人，男男女女混杂在一起，有时还因为争先恐后而殴斗。

管宁对这种现象感到忧虑，于是多买了几副吊桶和绳索，分别摆在井旁，而且事先打好井水等待人们过来，又不让别人知道是他干的。来打井水的人感到奇怪，经过打听才知道是管宁干的，于是都责备自己，从此不再发生殴斗或争吵的事。

邻居家的牛践踏了管宁家的田，管宁把牛牵到阴凉的地方，给它饮水喂饲料，比主人家还照顾得好。后来主人找到了牛，十分羞愧，仿佛犯了重罪似的。从此管宁的左邻右舍再也没有争吵打架的声音，那里的好风气传遍全国。

社会和谐要从各自做起！

唐临不张扬仆人过失

唐朝的唐临，官至吏部尚书，主管官吏的选拔、任用与考核。

他为人宽厚仁慈，心地善良。有一次准备去吊丧，叫仆人回家取一件白衣服。仆人错拿了其他颜色的衣服，发觉后，心里十分害怕，不敢拿出来给主人。唐临察觉后对他说："今天我突然肠胃不舒服，不宜哀伤哭泣，刚才叫你去取白衣服，姑且算了吧。"

又有一次，唐临叫仆人煎药，药没煎透。唐临喝了一口发觉了，却对仆人说："今日天气阴沉，不适合吃药，把刚才煎的药倒了吧。"

他始终不张扬仆人的过失！

宽容是美德！

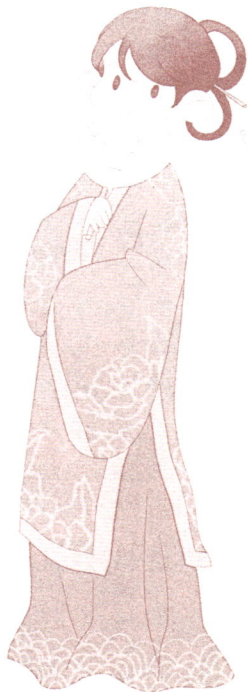

洪亮吉大器量

　　明朝的黄景仁器量狭窄，很少有人跟他合得来。他跟人交往，即使暂时能相处，最终也因矛盾而分手，唯独与洪亮吉友善。

　　黄景仁参加科举考试时曾经跟洪亮吉同住一室。他夜里写诗，诗写成后，总是要叫醒洪亮吉起来听他朗读，并且在洪面前夸耀自己写得好。洪亮吉一个晚上要四五次起身，可始终不厌烦，所以两人能友好相处。

　　理解、容忍，世人的脾性恐怕没有比洪亮吉再好的了！

钱大昕观弈

　　清朝人钱大昕（xīn）曾叙说过自己亲身经历的一件事：

　　有一天，我在朋友家看人下围棋，有个人输了好几回，便嘲笑他失算，多次想代替他落子，认为那人远不及自己。过了一会儿，那人邀请我对局厮杀。我很轻视他。刚下了几着子，对方已占了优势。棋下到一半，我的思路越来越打不开，而对方的智力绰绰有余。终局数子，对方胜了我十三子。我满脸羞愧，一句话也说不出。从此以后再有人招我观棋，我便只是整日地坐在一旁默默观看了。

　　只要接受教训，自然会变得谦逊！

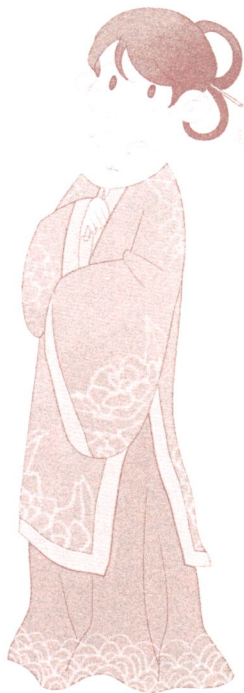

卓茂让马

　　东汉的卓茂是南阳郡宛县人，官至皇太子的老师。

　　卓茂曾坐车出行，有人认为卓茂驾车的马是他丢失的。卓茂问："你的马丢失了多长时间？"那人说："一个月多了。"

　　其实卓茂的那匹马已养了好几年，心想一定是对方搞错了，但仍然默不作声地给了对方，然后拉着车回家，临走时回头说："如果不是你的马，希望到丞相府归还我。"而此时卓茂在丞相府做小吏。

　　往后一天，那人找到了丢失的马，便前往丞相府归还，对卓茂叩头道歉。

　　有容乃大，卓茂真是大器量！

刘宽不计较

东汉的刘宽，表字文饶，是弘农郡华阴县人。刘宽曾经坐着牛车出行，半路上遇到一个人，说是丢了牛，于是走近刘宽的牛车辨认，认为那牛就是他丢失的。刘宽一句话也不说，把牛给了他，自己下车步行而归。不久，那人找到了自己的牛，便把刘宽的牛送回，叩头道歉说："我愧对于你，随便你怎么处罚我。"刘宽说："事物有相类似的，事情也允许有疏忽失误，承蒙劳驾你归还我，为什么还要道歉呢？"当地的人都佩服刘宽器量大，不与人计较。

换位思考，体谅别人！

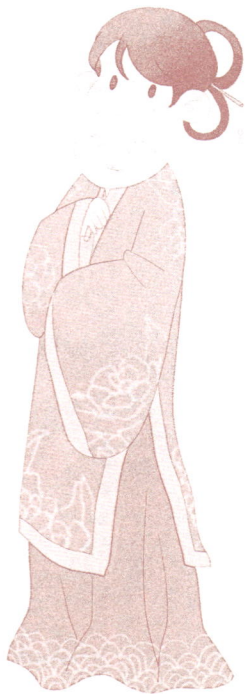

包惊几笃于友谊

242.

——

　　清朝的包惊几，是个十分看重友谊的人。他与吴东湖是好朋友，后来吴东湖死了，他尽全力照顾东湖的家庭。不久，包惊几的女儿要出嫁了。就在这时，包惊几听说东湖的女儿也要出嫁了，可穷得连嫁妆也没法备办，于是把自己女儿的嫁妆赠送东湖的女儿，而让自己女儿推迟一年再出嫁。当时的人都称赞包惊几的为人。

　　舍己为人！

公孙仪不受馈鱼

公孙仪担任鲁国国相,他喜欢吃鱼,因此整个国都里的人争着买鱼献给他。

公孙仪却不肯收下。他的学生说:"先生您喜欢吃鱼而不肯收受鱼,这是什么缘故?"

公孙仪回答说:"就是因为喜欢吃鱼,所以不肯收鱼。我收受了送来的鱼,就会有迁就别人的表现;有迁就别人的表现,就会做违法的事;做了违法的事,国相的职位就会被罢免,到那时即使喜欢吃鱼,那些人必定不会再送给我鱼,我又不能自己供给鱼。如果不收受鱼,我不会被免去国相职务。即使喜欢吃鱼,我能凭俸禄自己买鱼。"

头脑清醒,勿为小失大!

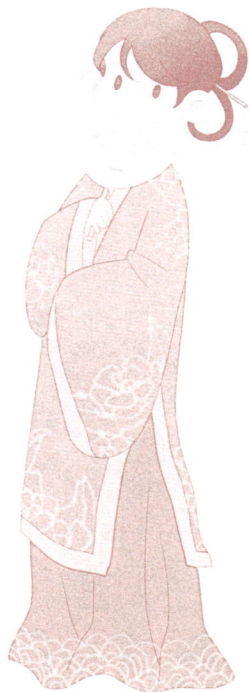

唐太宗三镜自照

　　唐太宗对周围亲近的大臣说："把铜作为镜子，可以使衣帽端正；把以往的历史作为镜子，可以了解国家的兴盛与衰落；把别人作为镜子，可以明白自己的优点与缺点。我时时保存这三面镜子，用来防止自己有过失。"

　　头脑清醒是智者的必备条件！

李廙有清德

　　唐朝的李廙（yì），曾任尚书的属官，有清廉的美德。

　　他的妹妹是刘晏的妻子。那时，刘晏任户部长官，主管铸钱、盐铁事宜，大权在握。有一次刘晏造访李廙家，看到他家里的门帘很破旧，就叫手下人悄悄地测量门帘的长短与阔狭，回去后请人用粗糙的竹片编织而成一副帘，不加装饰，准备送给李廙。

　　不久，刘晏携带门帘三次登门，却每次都不敢开口赠送而离去。

　　如果人人都像李廙，还会滋生腐败吗？

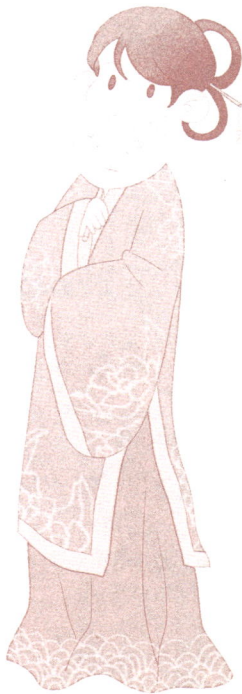

曾参不受赠邑

　　孔子的学生曾参（shēn），穿着破旧的衣服在田间耕作。鲁国国君听说他是个德行高尚的人，便派人前去送给他一大片土地，并说："请用这片土地上的收入来修饰一下你的衣服。"

　　曾参不肯接受，使者只得返回，后来又奉命前去见曾参，还是不肯接受。使者说："你又不是向人求助得来的，是国君送给你的，为什么不肯收下呢？"曾参说："接受人财物后就会畏惧对方，给人财物的人就会傲视对方。"

　　"我听说过这样的话：纵然国君赏赐我土地，不傲视我，可我怎么能不畏惧国君呢？"最终还是不肯收受。孔子听说这件事后说："曾参能说这样的话，足以保全他的气节了。"

　　要保全气节，就不该轻易接受馈赠！

子罕勿受玉

247.

——

　　宋国有个人得到了一块玉，把它献给国相子罕。子罕不肯接受。献玉的人说："我把它给雕琢玉器的匠师看过了，他认为是块宝玉，所以才敢把它献给你。"子罕说："我把不贪婪作为珍宝，你把玉作为珍宝。如果你把玉给我，那么我与你都失去了宝物，还不如各自藏有珍宝吧。"

　　"廉洁"是做官的珍宝！

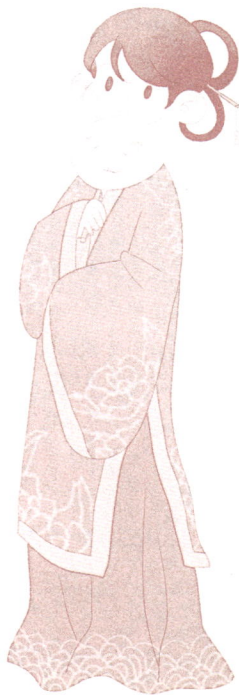

248.

宋弘不弃糟糠妻

——

汉光武帝姐姐湖阳公主刚守寡，光武帝跟她一起议论朝廷中的大臣，暗暗地观察她的心意——想再嫁哪个如意郎君。湖阳公主说："宋先生容貌庄重，道德高尚，大臣中没有比得上他的。"光武帝："我正在考虑这事。"后来宋弘被召见，光武帝让湖阳公主坐在屏风后，对宋弘说："谚语有高贵了要换朋友，富裕了要改妻子，这是人之常情吗？"以此来试探宋弘。宋弘说："我也听说过这样的话：贫贱时结交的朋友是不可以遗忘的，困苦时娶的妻子是不能抛弃的。"光武一听，回头对湖阳公主说："这事办不成了。"

喜新厌旧就成不了高尚的人！

王沂状元避奉迎

　　宋朝的王曾考取了状元，要回青州故乡。郡太守得知他要回乡，就组织了父老乡亲吹吹打打到郊外去迎接他。王曾却乔装改扮骑着小驴子从其他城门进入，立刻拜见太守。太守惊讶地说："听说你要回乡，我已派人去城郊迎接，守卫城门的长官没来报告，你是怎么到这里的？"

　　王曾说："我侥幸科举录取，怎敢烦父老乡亲出城迎接，这会加重我过错的，所以更改了姓名，欺骗迎接的人及守城门长官，径直来拜访太守。"太守听后感叹地说："你就是人们所说的真状元啊！"

　　谦逊赢得更多赞美！

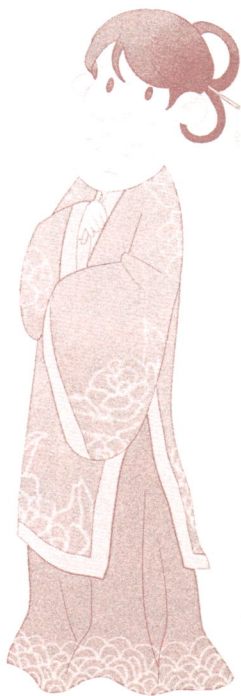

郑玄成人之美

　　郑玄是东汉的儒学大师，曾经想给《春秋传》作注释，但尚未完成。

　　有一天他在旅店门口与服子慎相遇，两人早先不相识。服子慎在车上跟人谈自己注释《春秋传》的大意。郑玄伫立一旁，听了很久，发觉服子慎的见解大多与自己相同。郑玄上车对服子慎说："我早就想给《春秋传》作注释，但尚未完成，刚才听你说的内容，大多跟我的见解相同，现在我要把所作的注释全部给你。"

　　因此世上有了服子慎作注释的《春秋传》。

　　郑玄无私奉献，大家风度！

何岳还金

何岳曾经在赶夜路时拾到二百多两银子，他不敢对家里的人说起这件事，担心家里人会劝他把银子留下。

第二天早晨他带着拾到的银子到原地等候失主。不久，果然有人为寻找银子而到来，何岳问对方失落银子的数量与封条上的记号，核对下来完全相符，于是悉数归还。

对方为了表示谢意，想分几两银子给他。何岳说："拾到银子别人都不知道，等于全是我的东西，如今全部还给你，我怎么会贪这几两银子呢？"那人感谢后离去。又有一件事：何岳曾在做官人家教书，后来那做官的有事要进京城，把一只箱子寄存在何岳家，其中有好几百两银子，临走时说："等往后来取。"那做官的一去多年，毫无音信。何岳听说他的侄子有别的事到南方来——不是为了取箱

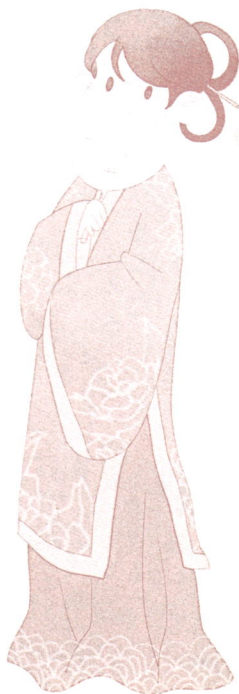

子，便托这人的侄子把整箱银子带回京城交给那做官的。

"克己"才能修身，聪明人才会做"傻事"！

王恭身无长物

东晋的大臣王恭从会稽郡回到京城，族叔王大去看望他。

王大很羡慕王恭坐的六尺宽的竹席子，于是说："你从会稽郡回来，所以有这么好的竹席子，可以送我一张吗？"

王恭未回答。

王大离去后，王恭就把所坐的竹席子叫人送去。王恭没有竹席后，就用草垫子做坐席。不久王大知道这事后，十分惊讶，说："我本以为你有好几张竹席，所以要讨一张。"王恭回答说："你老长辈不了解我，我做人没多余的东西。"

即使只有一张竹席子也要给人，王恭可谓"克己为人"了！

陆元方卖宅

陆元方曾经在东都洛阳出卖一幢小住宅。家里的人将要接受对方的付款，买方要求见主人。陆元方告诉对方说："这住宅很好，可惜没出水的地方。"买方听了，立刻推辞不买。陆元方的儿子侄子们因此批评他。元方说："不把情况说明，这是欺骗别人。"

诚实的人才是最聪明的人！

朱晖心诺

　　东汉的张堪一向有好名声，曾经在太学里见到朱晖，很器重他，两人以朋友的名义交往。后来有一天他抓住朱晖的手臂说："我年纪大了，想把妻子儿女托付给你照顾。"朱晖认为张堪是德高望重的前辈，虽拱手回礼但未敢回答。从此以后两人再也没见面。多年后张堪死了，朱晖听说他的妻子儿女很贫困，于是拿出很多钱财帮助他们。

　　朱晖的小儿子感到奇怪，便问他："父亲跟张堪并不是朋友，我也从未听说你提起过他，如今资助他家那么多钱财，我感到奇怪。"朱晖说："张堪曾经跟我说过知心的话，托付我照顾他的妻子儿女，我一直牢记在心。"

　　一句嘱托，终身不忘，朱晖是个十分讲信用的人！

李勉埋金

255.

——

唐玄宗天宝年间，有个书生外出谋求官职而逗留在宋州。

当时李勉年少，家庭贫困，跟书生同住在旅店里。不到十天，书生发病，直到病重无法挽救，临死时对李勉说："我家住在洪州，原准备去北都谋官职，想不到在这儿得病而死，大概是命吧。"随后从布袋里拿出一百两金子给李勉，说："你替我把丧事办完，多下来的金子送给你。"

李勉答应给他办丧事，事后把多下来的金子秘密地藏在坟墓里。几年后，李勉在开封做了尉官。书生的兄弟携带着洪州府的文书赶来，寻找书生。到了宋州后，得知是李勉给死者办理的丧事，又专门到开封，询问书生余下来的金子。李勉请了假陪书生兄弟到墓地，从坟墓中挖出金子，然后交给他们。多年后李勉官至宰相。

萍水相逢，一言之托，事毕而埋金，李勉可谓高尚的人了！

赵轨清廉若水

256.

——

　　隋朝的赵轨，是河南洛阳人，年轻时爱好学习。隋文帝杨坚做了皇帝后，赵轨任齐州别驾，因为有能力，齐州被治理得很好，因此名声在外。他家东面邻居的院子里种了桑树，桑果掉落到赵轨家。赵轨派人把桑果拾起来归还邻家，并告诫自己的子女说："我并不是要获取好名声，只是想这桑果不是自家种出来的，不该侵占别人的。你们应该以此为戒。"他在齐州四年，连年考核，成绩最好。隋文帝很赞赏他，召他去朝廷任职。齐州父老送别时个个流泪，说："你任职期间，连一杯水、一束柴草也不拿百姓的，所以我们不敢用酒食送你。你清廉如水，因此请舀一杯水喝，作为我们的送别礼物。"赵轨接过一杯水喝下了！

　　为官清廉，政绩又佳，可谓德才兼备！

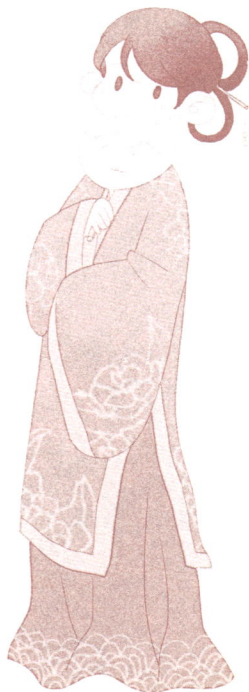

341

沈驎士处世

　　南朝的刘凝之，他所穿的鞋子被别人误认为是其丢失的，刘就给了对方。这人后来找到了自己的鞋子，送还给刘凝之，刘心里不愉快，不肯收下。对方很尴尬。

　　同时代有个人叫沈驎士，他所穿的鞋子也被邻居误认是其丢失的，驎士笑着说："这真是你的鞋子吗？"那人点头，于是驎士把鞋子给了他。不久，邻居找到了丢失的鞋子，送还给沈驎士，驎士笑着说："果真不是你的鞋子吗？"于是笑着接受了。这虽然是小事，然而为人处世应该像沈驎士，不该像刘凝之。

　　相比之下，沈驎士更值得称道！

韩琦不责吏将

　　北宋的韩琦，曾任并州总管，有人进献给他一只玉杯，说是从破坏的坟墓中找到的，内外没丝毫瑕疵，是世上罕见的珍宝。韩琦拿出百两黄金酬谢。

　　有一天，韩琦用美酒招待主管水运粮食的高官，特地摆上一只桌子，铺上绣花的台布，把玉杯放在上面，准备用来注酒，然后给各位斟酒。一会儿，差役头领不小心撞翻了桌子，玉杯打得粉碎，座客大为惊讶。差役头领趴在地上认罪。韩琦神色不动，笑着对座客说："器物总有坏的时候。"又对差役头领说："你是无意撞翻了桌子，不是故意的，有什么罪过呢？"人们称赞韩琦的大度。

　　以人为本，人比物更值得保护！

高念东为人

清朝的高念东，任朝廷吏部长官。

有一年夏天，他住在自己家里，晚上独自行走在郊外，在堤岸边的柳阴下乘凉。

有人推着装载瓦器的车到堤岸下，一再用力推，可怎么也上不了堤岸，于是招呼高念东，请帮忙拉一把。高念东欣然同意。

这时，恰巧县尉张益经过，惊讶地说："这是高公，吏部长官，你怎么可以这样呢？"推车的很尴尬，而高念东笑笑走了。

一次，有个高官派差役来拜访高念东。当时高念东正与一群小孩在河里洗澡。差役也跳下水洗澡，还唤呼高念东替他擦背，并问："高侍郎家在哪儿？"一个小孩指着高念东笑道："这就是！"

差役连忙在水中跪下道歉，高念东也在水里答谢。

许武助二弟成名

　　阳羡地方的许武，年轻时被推荐为"孝廉"——这是汉朝选拔官吏的科目之一，从此官运亨通，而他的两个弟弟许晏与许普仍寂寂无名。

　　许武想让弟弟有名望，于是有一天对他们说："从礼教上说，兄弟应分家，所以我想跟你们分财产，可以吗？"两个弟弟同意了。

　　于是把财产综合起来后一分为三。许武自己占有肥沃的土地、宽大的住宅，并且选择了身强力壮的奴仆与婢女，而把贫瘠的田产、狭窄的住房及老弱的奴婢给弟弟。当时乡里的人都称赞两个弟弟能谦让，而鄙视许武的贪得无厌。从此许晏、许普有了好名声，都被推荐为"孝廉"。

　　好多年以后，许武召集家族与亲戚，对他们说："我做兄长的为人不好，欺名窃位，两个弟弟年长了，尚未有一官半职，所以早先要求分财产，自己选好的

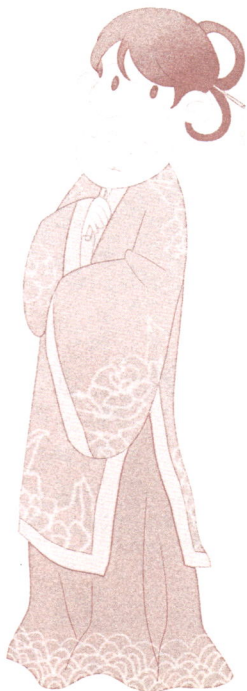

强壮的，受人嘲讽，这一切都是为了两个弟弟着想。如今我的心愿已达到，希望把早先的财产奴婢重新平均分配。"

于是拿出以前所多占的便宜，全部给了两个弟弟。

为了让两个弟弟成名，许武让两个弟弟受"苦肉计"！

杨振中讲中国智慧故事·女孩版

廉范报恩

汉明帝刘庄永平初年，陇西太守邓融征召廉范为功曹。适逢邓融被州官所揭发而立案审查，廉范深知事情难以解脱，想帮助他，但没办法，于是推托有病要求离去。邓融不知道他什么意思，在如此困难的情况下居然会突然离去，因此十分怨恨他。

廉范到京城洛阳，改名换姓争取做了司法机构的差役。没多久，邓融果然被朝廷唤去下了监狱。廉范也因此能在他身边护卫，尽心尽力。

邓融感到奇怪，那"差役"的形貌看上去像廉范，于是问道："你怎么很像我早先手下的功曹？"廉范呵斥他说："你穷困潦倒，两眼昏花了，我怎么像廉范？"

后来邓融从狱中释放出来，贫病交加，廉范跟着他，赡养并守护他，直到邓融死去，还护送灵柩到南阳，埋葬完毕后离去，始终没说出自己的真实姓名。

滴水之恩，涌泉相报！

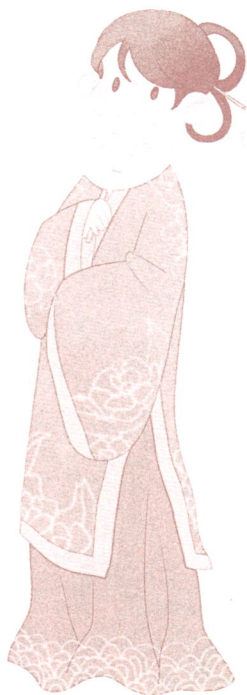

甄彬有还金之美

262.
———

　　南朝有个叫甄（zhēn）彬的，家庭贫困，曾经用一捆苎（zhù）麻去荆州长沙的典当里押钱。以后赎回苎麻时，发现苎麻中夹着重五两的黄金首饰，是用手巾包着的。甄彬见金子，立刻送还典当。

　　典当的职员大为惊讶，说："最近确实有人用金子来抵押现钱，当时匆忙中没记录，你能归还我，恐怕从古至今没有这样的好人。"店员要分出金子的一半给甄彬，表示感谢。甄彬不肯收，来来去去十多次，甄彬坚决不肯接受。

　　后来甄彬被任命为郫（pí）县县令，出发前，齐高帝萧道成召见他，当时一同被召见的共五个人，皇上对他们一个一个训话，告诫他们要廉洁奉公，行事谨慎，轮到甄彬，皇上说："你早先有还金的美德，所以无须再告诫你了。"

　　诚信有档案，随时可查阅！

263.

吴起不食待故人

吴起是战国时著名的军事家。有一天他出门时遇到了老朋友，劝朋友留在他家吃顿饭。朋友说："好的。不过我还有些事要处理，去去就回来。"吴起说："等你回来一同吃。"朋友直到傍晚还没来，吴起也因此不吃饭等着他。第二天一早，吴起叫人去寻找那朋友。朋友来了，才一同吃饭。后人有评论说：吴起不吃而等待朋友，是唯恐自己不能信守承诺。他如此守信用，所以能使全军将士信服他。想要使全军将士信服，除了信用没其他可代替的！

为人处事，信用第一！

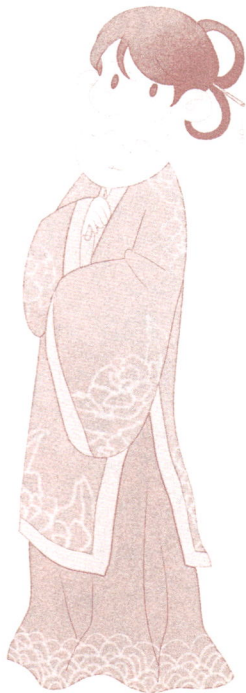

349

顾荣施炙

264.

———

　　西晋的顾荣在洛阳时，曾经应友人的邀请赴宴。席间，他发觉端送烤肉的人有想吃烤肉的神情，于是省下自己的烤肉施舍给他。同座的人嘲笑他。顾荣说："哪有整天端烤肉，却不知道烤肉滋味的呢？"后来因社会动乱，顾荣渡过长江南下，每到危急时，总有一个人在帮助他，问他为什么要这样做，原来是早先接受过烤肉的人。

　　一个有情，一个有义！

范仲淹还金授方

范仲淹年轻时家庭贫困，经常跟一个方士交往。适逢那个方士得了重病，派人叫范仲淹去，并说："我善于从水银中提炼银子，我儿子尚幼小，不适宜把白银与提炼的配方交给他，如今我把它托付给你。"当即就把提炼白银的配方及银子一斤封存好，塞在范仲淹怀中。范仲淹刚要推辞，那人已气绝身亡。十多年之后，范仲淹已官至谏议大夫，那个方士的儿子也已长大，便叫他上门，并说："你父亲有神奇的本领，早年他死的时候，你还年幼，所以让我保存。如今你已成家立业，应该归还给你。"于是范仲淹拿出配方与白银交给对方，上面的封条及标记仍原封未动。

受人嘱托，适时而还，范仲淹的为人！

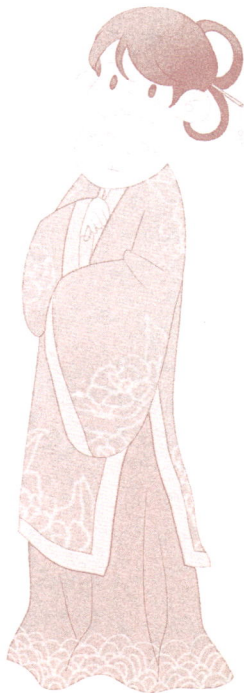

寇恂为国甘心受屈

东汉初年，贾复的部将在颍川妄杀平民。颍川太守寇恂就把杀人犯处了死刑。

贾复认为这是极羞耻的事。他路过郡城时对周围的人说："我见寇恂一定要亲手杀死他！"

寇恂得知贾复的预谋后，便不跟他相见。外甥谷崇请求时刻带剑在旁陪侍，以防备发生不测。

寇恂说："不要这样。从前赵国的蔺相如在朝廷上斥责秦王，毫无畏惧，然而他处处畏避老将廉颇。不是怕廉颇，而是因为国家利益最重要。"于是下令所属各县隆重地招待贾复的将士，一个人供给两份酒食。然后亲自出城迎接，随后又马上称身体有病回府了。

贾复指挥兵士想追击，可将士个个喝得酩酊大醉，没一个爬得起身。第二天，贾复不得不率兵经过府城离去。

事后寇恂派人把经过禀报光武帝刘秀。刘秀召见寇恂，让他跟贾复和好如初。

愿忍辱负重，全为国家着想！

寇恂为国甘心受屈

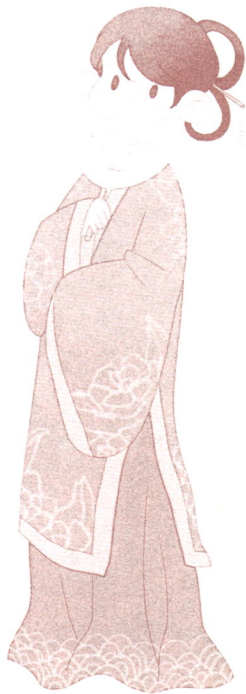

353

王安石余饼自食

　　王安石做宰相时，儿媳妇的亲戚萧家的儿子到京城来，乘机拜访他。王安石约他来家吃饭。第二天，萧家儿子穿着华丽的衣服前往，心想王安石一定会用丰盛的菜肴招待。时间已过中午，发觉饥肠辘辘，但不敢离去。又过了一段时间，才被请入座，可是桌上果品都没有，心中暗暗感到奇怪。仆人给他们斟了三次酒，开始端上北方人吃的胡饼两枚，接着端上切碎的猪肉四块，不久就盛上饭，旁边放菜汤一盘。萧家儿子一向娇生惯养，皱着眉头不肯下筷子，只稍微吃了点胡饼中间的食品，留下四周的放在桌上。王安石见后，拿过剩下的胡饼吃了。萧家的儿子十分羞愧地走了。

　　两人的修养天壤之别！

公孙枝荐百里奚

268.
——

　　百里奚是秦穆公的重臣，曾帮助秦穆公称霸。可是他早年未遇上伯乐，命运多舛。他逃出虢（guó）国，被晋国抓去做俘虏，作为陪嫁送入秦国，在秦国给人喂牛。以后又出走到楚国，秦国又用五张黑羊皮把他赎回。

　　公孙枝很了解他，把他推荐给秦穆公。仅过了三天，公孙枝就把自己大夫的职位让出，请百里奚管理政务。秦穆公说："用五张羊皮赎回的人怎么一下子让他主管那么重要的事，这不是要被天下的人嘲笑吗？"

　　公孙枝回答说："任用守信用而有才能的人，这是国君的英明；把职位让给有才能的人而自己做他的下属，这是我的忠诚。你是英明的君主，我是忠诚的臣子。百里奚既守信用又有才能，国人都会服从他，敌国将害怕我们，谁有空笑话我们？"秦穆公就任用了

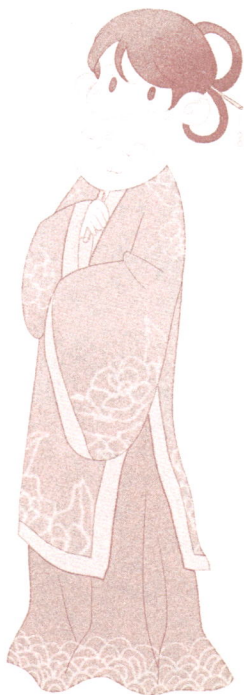

355

百里奚。百里奚，世称"五羊大夫"。

　　公孙枝知人，秦穆公善任，秦国之所以称霸诸侯，并非意外！

齐桓公登门访士

齐桓公是齐国的国君，春秋五霸之一。他在齐国的强盛过程中曾采取过很多明智而深得人心的措施。

齐桓公听说民间有个姓稷（jì）的人，很有才能，于是一天之内三次登门拜访。可是那人避而不见。齐桓公打算第二天再去拜访。他的随从不乐意地说："稷算什么！他不过是个普普通通的读书人。您是堂堂的国君，按理说应该他来求见您，哪用得着您上门拜访！如今您一天之内连跑了三次，他竟躲起来不见面，您也算是仁至义尽了！"

"不对，不该这样说。"齐桓公说，"读书人蔑视爵禄，自然会轻视封爵授禄的国君；国君蔑视霸王之业，也会轻视读书人。纵然那读书人不企求爵禄，难道我能不追求霸王的功业吗？"

后来，齐桓公又去了两次，前后共五次登门拜访，才见到了稷。

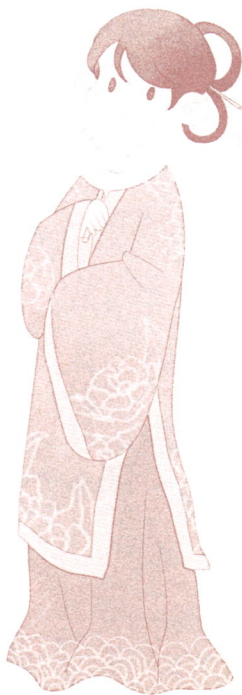

357

齐桓公放下架子真心诚意地寻访有才能的人的事传到了各国。各国的国君都说："桓公对国内普普通通的读书人尚且能以礼相待，更何况对待我们这些国君呢？"

　　于是各国国君共同前往齐国，朝拜齐桓公。

270.

吕元膺提拔守城者

　　唐朝的吕元膺曾任鄂州与岳州的观察使。有一天夜里，他要登上城墙视察。守卫城门的人说："军法规定，夜里不可以登上城墙。"吕元膺曾任御史中丞，跟随的人说："这是中丞亲自要登城。"守卫城门的人又说："夜里分不出真假，即使真的是中丞也不行。"于是吕元膺只得回去。第二天，他提拔守城门的人担任要职。

　　守城者忠于职守，是个值得信赖的人才！

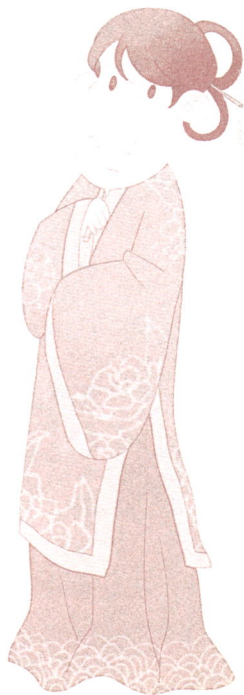

271.

杨修啖酪

有人给曹操送去一大杯奶酪。曹操稍微喝了几口，然后在盖头上写了个"合"字，并把它传给在座的人看。

很多人不理解这是什么意思。依次传到谋士杨修面前时，杨修掀开盖头喝了一口。正当众人惊讶时，杨修说："那是主公要我们每人喝一口，还有什么疑虑的呢？"

杨修用拆字法解读！

解铃还需系铃人

　　金陵清凉寺的泰钦法灯禅师，活着时性格豪放无拘束，不肯做规定的事务，众僧轻视他，只有法眼师父跟他投机并看重他。一日，法眼问大家："系在老虎颈项上的金铃，谁能把它解下来？"大家都愣着想不出办法。这时恰巧法灯禅师到了，法眼拿刚才的话问他。法灯禅师竟不假思索地回答："谁系上去的谁就能解下来。"法眼频频点头，并对大家说："你们可不能轻视他啊！"

　　一语中的，智慧超人！

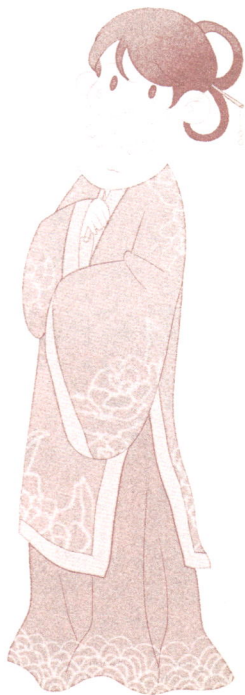

273.

桓荣苦读得功名

　　东汉的桓荣，字春卿，家庭贫困，没有资产，经常给人做短工来养活自己，精力充沛不知疲倦，十五年业余时间闭门读书。早年社会动乱，同族里的桓元卿与他一样饥饿困苦，然而桓荣诵读不停。元卿讥笑他说："只是自讨苦吃，什么时候才能派上用处呢？"桓荣笑而不答。

　　等到桓荣被任命为朝中重臣，元卿感叹地说："我是个农家弟子，哪里知道读书竟能获得如此好处！"

　　书中自有黄金屋！

王质凛然饯别范仲淹

宋仁宗时，朝廷中有一批小人诬陷范仲淹参与"朋党"，即一伙人勾结起来牟取私利，于是范仲淹被贬官至饶州。

原来与范仲淹比较亲近的人大多害怕了，避之不及，唯恐沾上边害了自己，因此在他离京城时都不敢去送行。只有王质，抱病而往，在城门外饯别。

有人责备王质："你是年长而德高望重的人，为什么要自己陷入'朋党'呢？"

王质说："范先生是天下人公认的德才兼备的人，我怎敢跟他相比？如果有人说我是范先生的同党，那是范先生对我重重的赏赐了！"

听到王质言论的人，没有不缩着头颈吓出一身冷汗的。

同为一身正气人，胸怀坦坦荡荡。

275.

卢坦「怪论」

　　唐朝的卢坦，早先任河南县的尉官，主管社会治安及赋税征兵之事。当时杜黄裳做县官，是卢坦的上司。

　　一天，杜黄裳把卢坦找去，说："某大户人家的儿子，与恶少交往，已破产，何不调查一番呢？"卢坦说："凡是做官廉洁的，即使朝廷大臣也不会有丰厚的积蓄。那些能积贮财产的，一定是剥削得来的。要是子孙能守住他们的家业，这是老天爷瞎了眼，让这种不仁不义的人家富有了。依我看来，还不如放任他们的子孙纵行不道德，做败家子，把财产回归百姓。"

　　杜黄裳对卢坦的话感到惊奇，但又觉得很有道理。

　　贪官后代破产，活该！

郗鉴觅婿

　　东晋的郗（xī）鉴在京口，派门生给丞相王导送信，说要找个女婿。王导对郗鉴的使者说："你去东厢房，任意选一个。"门生回去后报告郗鉴说："王家好几个年轻人，个个都好。听说来寻觅女婿，有的显出很庄重的样子。只有一个年轻人在东面的卧榻上坦露肚皮躺着，好像没这回事的样子。"郗鉴说："正是这个最好。"经询问，原来是王羲之。于是郗鉴把女儿嫁给了他。

　　郗鉴正是看上了王羲之的纯净率直！

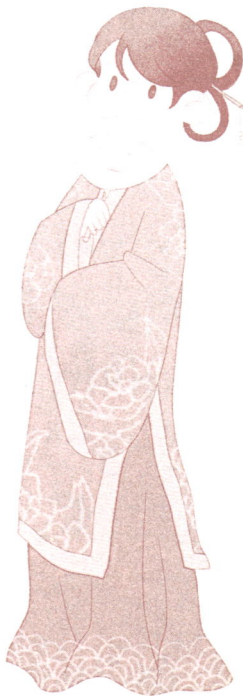

管仲用老马识途

277.

———

　　管仲、隰（xí）朋跟随齐桓公攻打孤竹国，春天出发冬天返回，半路上迷失了方向。

　　管仲说："老马识途，我们可以利用老马的智力。"于是放任老马前行，军队跟在后面，终于找到了原路。

　　他们行进在山中，见不到水源，将士口渴。隰朋说："蚂蚁冬天住在山的南面，夏天住在山的北面，蚁封高一寸，它下面八尺的地方便有水。"于是找到蚁封，往下掘，终于找到了水。

经验助人增长智慧！

魏王嫌门大

　　杨修在魏王曹操手下任主簿。当时正在建造相国府的大门，才上门橼，曹操亲自前往工地察看。他察看后叫人在门上写了个"活"字，便离去了。杨修看到了"活"字，马上下令把大门拆掉。工匠感到奇怪，拆完后，他说："门中加一个'活'，就是'阔'字。魏王正是嫌门造得太大了。"

心有灵犀一点通！

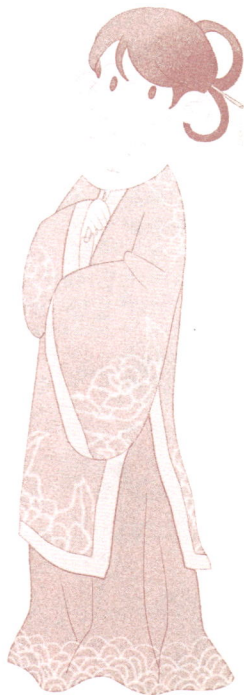

守成与创业

　　唐太宗问周围的大臣："创业与守成哪个难？"

　　宰相房玄龄说："开创基业时，跟各地豪强同时兴起，经过战争最终使他们臣服，创业艰难啊！"谏议大夫魏徵说："从古以来的帝王，没有不是从艰难困苦中获得天下的，然而又常在贪图安逸中失去天下，守成难啊！"

　　唐太宗说："二位说得都对。玄龄跟我出生入死一同打下天下，所以知道创业的艰难；魏徵跟我一同使天下安定，常担心在富贵中滋生骄傲与奢侈之心，常忧虑因小疏忽而引起祸乱，所以知道守成的艰难。然而创业的艰难阶段已经过去了，如今面临守成的艰难，望各位慎重对待！"

　　知既往，明未来，这才是英明的帝王！

孟孙为儿选师傅

　　鲁国的大贵族孟孙打猎时抓到了一只小鹿，让秦西巴带回去。

　　母鹿边跟着小鹿边啼叫，显得十分伤心。秦西巴不忍心，就把小鹿还给了母鹿。孟孙回到家，寻找刚才抓获的小鹿，秦西巴说："我因为不忍心，还给母鹿了。"孟孙大怒，把秦西巴赶走了。

　　过了三个月，孟孙又把秦西巴召回来，而且让他做了自己儿子的师傅。孟孙的车夫说："早先要惩罚他，现在又召回来做儿子的师傅，为什么呢？"

　　孟孙说："他连小鹿都不忍心伤害，又怎么会伤害我儿子呢？"

　　醒悟后才认识真谛，不迟！

萧何不贪金玉爱图书

　　秦朝末年，天下大乱。刘邦和项羽受楚怀王派遣，分别从南北两路进兵。公元前 206 年，刘邦夺取南阳，越过武关，攻克峣关，于当年十月抢先攻进了秦朝国都咸阳。

　　呵，巍峨壮丽、金碧辉煌的宫殿，它把刘邦和部下将领们的心吸引住了；金银财宝、绫罗绸缎，它把很多人的魂勾住了。他们在王侯将相的牙床上打滚，在"肉林酒池"边痛饮，然后纷纷运走了一车又一车的金玉珠宝。

　　在这暂时的昏昏沉沉的胜利之中，也有少数人的头脑是清醒的，刘邦的事务官萧何便是其中之一。

　　萧何一进咸阳，想到的不是雕栏画栋的宫殿，也不是罕见的珠宝，而是秦朝的一大批档案材料。他带着兵士直奔丞相府和御史台，把所有的文件、律令、地图、书籍全部收起来，装了满满几十辆车子。当时有人还讥笑他哩。萧何却说："这是无价之宝。"

不久，刘邦被迫退出咸阳，项羽一把火将咸阳化为灰烬。之后，刘邦和项羽为了争夺天下，打了五年仗。萧何凭着缴获的那些档案材料，为刘邦的胜利作出了巨大的贡献。在战争中，哪是平原，哪是高山，哪是关口，都由萧何提供地图；什么地方人口稠密，可以招募壮丁和征集粮草，由萧何提供参考资料；什么道路可以运输粮食，而且是便道捷径，也由萧何指点。总之，刘邦在前线作战，少不了这个后方的得力参谋，而萧何又全凭借那些缴获而来的珍贵资料。

所以刘邦打败项羽做了汉朝皇帝后，他首先封赏萧何，认为萧何的功劳最大。人们也一致赞扬萧何有远见卓识。

萧何处处能远虑，不愧为汉朝第一大功臣！

富翁识破赌徒诈

有个富翁，很多做生意的人向他借贷资金。有一天出门，见一青年在马后跟着。富翁问他有什么事，那青年说想向他借点做生意的本钱。富翁答应了他。回到家中，恰巧几案上有几十个铜钱，那青年就用手一枚一枚将它们堆叠起来，手法极其娴熟。富翁见此便拒绝并让他离去，最终不借给他资金。有人问富翁什么缘故不借给他。富翁说："这人一定是赌徒，不是正派的人。他叠铜钱那么熟练，不知不觉中表现在手法上。"询问后果然如此。

那富人从类推中估计到少年是个赌徒！

唐太宗论举贤

　　唐太宗要求封德彝（yí）向朝廷推荐有才德的人，可是隔了很久一个人也推荐不出。

　　太宗责问他，封德彝回答说："不是我不尽心竭力，实在是至今还没见到有突出的人才！"

　　太宗说："我们用人好比用器具，取它们各自的长处。古代把国家治理好的君主，难道是向另外的朝代去借人才的吗？应该反省自己不能慧眼识人才，怎么可以冤枉一代人呢！"

　　"君子用人如器，各取所长"，唐太宗的见解深刻！

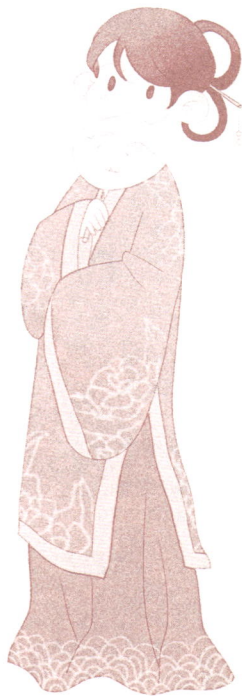

284.

赵人养猫

赵国有个人担忧鼠害，于是向中山国的人讨了一只猫。中山国的人给了他一只猫，那猫善于捕鼠，可也常吃鸡。

一个多月，家里的鼠被猫捉尽了，但鸡也被猫吃光了。他的儿子为此感到忧虑，对父亲说："何不把它扔掉呢？"父亲说："这道理不是你所懂得的。我们家的灾害在于老鼠，而不在于无鸡。有了老鼠，它们会偷吃我们家的粮食，咬破我们家的衣服，挖穿我们家的墙壁，毁坏我们家的器具，那么我们将挨饿受冻了，不是比没鸡更糟吗？没有鸡，只是吃不到鸡肉罢了，离挨饿受冻还远着呢，怎么能扔掉那猫呢？"

有见识的人懂得权衡利弊！

陆贾劝汉高祖文治

　　陆贾在汉高祖刘邦前常称赞《诗经》《尚书》有用。汉高祖骂道："你老子是用武力夺得天下的，哪用得着《诗经》《尚书》？"陆贾不服气，反驳说："你用武力夺得天下，难道能用武力治天下吗？"汉高祖不作声。陆贾继续说："商汤与周武王用武力推翻了夏朝和商朝，接着就用仁义治理天下。文武并用，这是国家长久安定的办法。假如秦国吞灭六国后，实行仁义，效法古代圣人的治国方法，你皇上哪能有今朝一天？"汉高祖内心不快，但脸上有羞愧的神色，于是对陆贾说："请你把秦王朝为何失去天下、我为何能获得天下以及古代诸侯国成败的原因写出来吧。"陆贾共写了十二篇文章，约略地叙述并分析它们成败的原因。每呈上一篇，汉高祖都大为赞赏，左右的大臣高呼"万岁"，那书取名为《新语》。汉高祖及其子孙实行文治，故西汉初年出现了

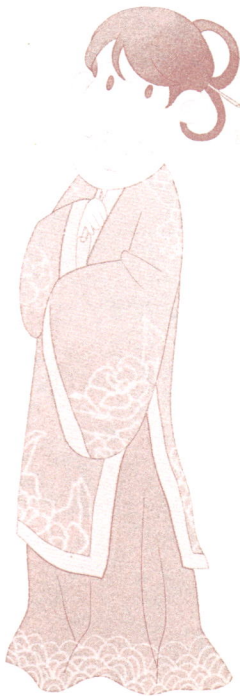

欣欣向荣的局面。

　　创业与守成应文武并用，儒生陆贾为汉初施政奠定基调！

陆游家训

南宋诗人陆游在家书中有这样一段话，值得后人借鉴：

才思敏捷的年轻人，最容易干坏事。如果有这种情况，做父兄的要引以为忧，不可以把它作为高兴的事。必定要对这样的年轻人多加管束，让他们熟读儒家经典著作，教育他们对人要宽厚、谦恭、持重，千万不要跟轻浮的人混在一起。经过十多年的教导，志向自然会确立。要不是这样，可担心的事恐怕不是一件两件。

我这话，是后人的良药，各自要牢记，以免留下过失而悔恨不及！

可贵的辩证认识！

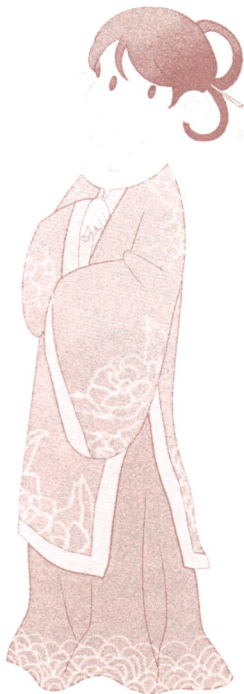

韦诜择婿

　　唐朝的裴宽早年曾做润州的参军。当时润州刺史韦诜（shēn）要替女儿选择女婿，但尚未找到，适逢休息日登楼，看到后花园里有人在埋东西。韦诜询问那人是谁。

　　有人说："这是裴参军。他看重道义，从不接受私人赠送的礼物，免得有辱家庭。正巧有人送给他鹿肉干，那人把鹿肉一放就走了，裴参军不敢自我欺骗而收受下来，因此把它埋了。"

　　韦诜听了很感慨，觉得裴宽与众不同，就把女儿嫁给他。结婚那天，韦诜用帐幕把女儿围起来，让她从帐幕的缝隙里悄悄地看裴宽。裴宽长得既瘦又高，当时又穿着青色衣服，韦诜家族里的人都笑称他为"碧鹤"。

　　韦诜说："只要爱他的妻子，这个人将来一定会成为贤明的官员，这个女人便成了出息人家的妻子，怎么可以以貌取人呢？"

裴宽后来任礼部尚书，很有声望。

不重外貌，但重心灵美！

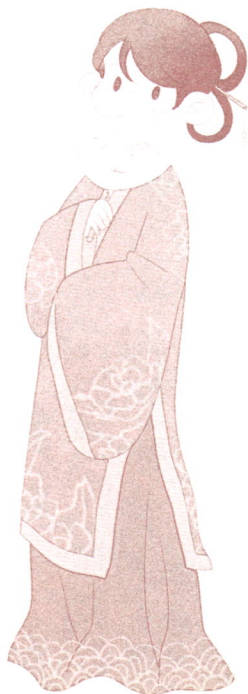

288.

韩琦不乐磕头幕官

北宋名将韩琦在永兴时，一天有个将帅府的官员来拜见。韩琦一见他便仔细打量了一番，皱起眉头显出不愉快的神色，几个月之内不跟他交谈一句。有个姓仪的人乘韩琦空闲时问："那官员你早先不认识他，为什么一见面心里就不愉快？"韩琦说："我看到他额头上有隐隐凸起的肿块，一定是经常向人磕头造成的，该不是正派的人。"

韩琦好眼力！

任文公预见水灾

汉朝有个预言家叫任文公，他出生在四川北部，父亲精通天文、气象。任文公由于受家庭的熏陶，从小喜爱观察天文。后来他担任了刺史的助手。

有一年夏天，干旱异常，任文公根据自然界的种种变化迹象，预测到将有洪水暴发。他对刺史说："五月一日，这里会发大水，各种征兆已很明显，不能不防。请刺史赶快通知各级官吏做好准备，免遭损失。"

但是刺史不听他的话，任文公只得独自准备了几条船。有的百姓认为任文公对天文很有研究，说不定真会发大水，因此也跟着积极准备船只，以防万一。

五月一日那天，太阳一早就爬上了东山，把大地烤得火辣辣的。任文公却催促家里的人快将财物装上船。他又派人报告刺史，可刺史仍一笑置之。临近中午的时候，北方天空中升起一片乌云，乌云

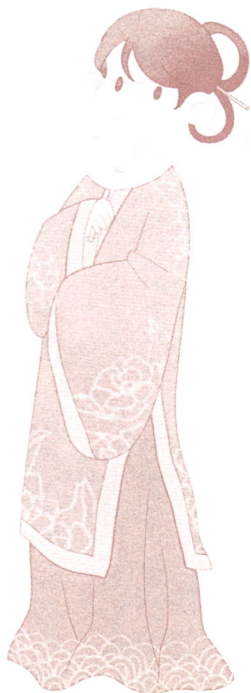

迅速扩大，霎时，雷电交加，风雨大作。黄昏时，山洪暴发了，湔（jiān）水骤然升高十几丈，汹涌的河水冲决河堤，毁坏了城里和城外大批房屋，几千人被淹死。

气象可预测，任文公防患于未然！

任文公督家人奔走

　　任文公曾是西汉末年的官吏。自从王莽篡夺汉朝帝位，改建新朝后，他预测到天下将大乱，于是督促家中老小背着百斤重物，每天十多次围绕住宅奔跑。

　　当时周围的人都不知道他要干什么。

　　后来果真各地群雄与盗贼并起，逃亡的百姓往往无法脱险，有的因走不动而被乱兵抓获，有的因缺粮而饿死，唯独任文公一家大小能背着粮食健步奔逃，所以全家免难。

　　能预见者有备无患！

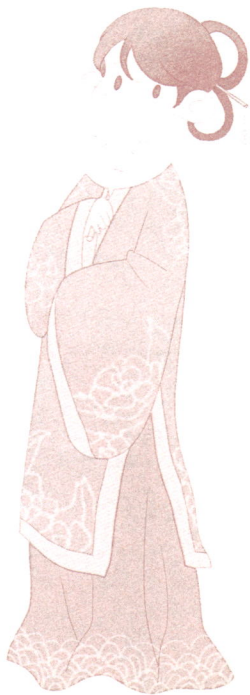

万二避祸

———

　　朱元璋称帝初年，嘉定县安亭地方有个叫万二的人，他是元朝的遗民，是郡里最富有的人。

　　曾经有人从京城南京回来，万二问他有什么见闻。那人说："皇帝近来写了一首诗：百僚未起朕先起，百僚已睡朕未睡。不如江南富足翁，日高丈五犹披被。"万二感叹地说："预兆已露苗头了！"他便把家中财产托付给仆人掌管，然后买了一艘大船，载着妻子儿女，远游湖南湖北去了。不出两年，江南有钱财的大户人家一个接一个被抄家查没，只有万二获得寿终正寝。

　　三十六计，走为上计！

图书在版编目（CIP）数据

杨振中讲中国智慧故事：女孩版 / 杨振中编著. —
上海：东方出版中心，2019.1
　ISBN 978-7-5473-1406-7

　Ⅰ.①杨… Ⅱ.①杨… Ⅲ.①历史故事－作品集－中
国 Ⅳ.①I247.81

中国版本图书馆CIP数据核字（2018）第295397号

责任编辑：刘玉伟　潘灵剑
封面设计：钟　颖

杨振中讲中国智慧故事·女孩版

出版发行：东方出版中心
地　　址：上海市仙霞路345号
电　　话：（021）62417400
邮政编码：200336
经　　销：全国新华书店
印　　刷：山东鸿君杰文化发展有限公司
开　　本：890 mm × 1240 mm　1/32
字　　数：221千字
印　　张：12.5
版　　次：2019年1月第1版第1次印刷
ISBN 978-7-5473-1406-7
定　　价：35.00元